Zu diesem Buch

Deutsche Geschichte zieht sich wie ein unsichtbares Raster durch «Wolken.Heim.» (1990), eine Sprachmontage aus Texten von Hölderlin, Hegel und Fichte, Heidegger und Briefen der RAF – «sozusagen die Wegbereiter der idealistischen Philosophie, die Wegbereiter des Ausschlusses, der Zeitenwende» (E.J.). Die Aufführung des Stücks am Deutschen Schauspielhaus Hamburg wurde ein Theaterereignis. «Raststätte oder Sie machens alle» (1994), eine Sexverwechslungskomödie vom Ende der Moral, ist eine Farce aus dem Posthistoire, ein Satyrspiel auf «Totenauberg» (Rowohlt 1991). «Stecken, Stab und Stangl» (1995) ist eine Art Epitaph für die vier Roma, die im Februar 1995 Opfer eines Sprengstoffanschlags im österreichischen Burgenland wurden. Die Ermordung der Roma, für Elfriede Jelinek «das katastrophalste Ereignis der Zweiten Republik», wird an Auschwitz gespiegelt, und beide Themen an der Sprache der Presse.
Elfriede Jelinek entwickelt seit «Totenauberg» in ihren neuen Stücken zunehmend ein ‹Theater der Themen›. Es sind Collagen aus vorgefundenen und vorgefertigten Idiomen, monologische Blöcke, neben- und gegeneinandergestellt wie in einem Musikstück, die vom Regisseur – und vom Leser – wechselnden ‹Trägern› zuzuweisen sind.

Elfriede Jelinek, am 20. Oktober 1946 in Mürzzuschlag/Steiermark geboren in Wien aufgewachsen, studierte Theaterwissenschaften, Kunstgeschichte und Musik. Lyrik und Prosatexte erschienen in Anthologien und Literaturzeitschriften. 1998 erhielt Elfriede Jelinek den Georg-Büchner-Preis und 2002 den Mülheimer Dramatikerpreis.

ELFRIEDE JELINEK

STECKEN, STAB UND STANGL

•

RASTSTÄTTE ODER SIE MACHENS ALLE

•

WOLKEN.HEIM.

Neue Theaterstücke

Mit einem «Text zum Theater» von Elfriede Jelinek

ROWOHLT TASCHENBUCH VERLAG

3. Auflage Oktober 2004

Veröffentlicht im Rowohlt
Taschenbuch Verlag,
Reinbek bei Hamburg,
Dezember 1997
«Wolken.Heim.»

Umschlaggestaltung Klaus Detjen
Satz Garamond (Linotronic 500)
Gesamtherstellung Clausen & Bosse, Leck
Printed in Germany
ISBN 3 499 22276 0

INHALT

Elfriede Jelinek

SINN EGAL. KÖRPER ZWECKLOS.

Daß sie auf einer Bühne auftreten, gefährdet nicht nur den einzelnen, sondern alle miteinander in den Beziehungen, die sie zueinander herausgebildet haben. Ich werde diese Gefährdung gleich genauer beschreiben, denn sie entspricht nicht ganz genau der Gefahr, in der wir alle ständig schweben, wenn wir die Straße zu uns selber überqueren wollen und merken, daß da schon einer steht, dem wir nicht zu begegnen wünschen. Das Hervorkommen der Schauspieler nennt man das Erscheinen. Es macht jeden einzelnen zu etwas anderem, aber nicht so dauerhaft, daß er uns damit in unserem Innersten herausfordern könnte, nur indem er einfach so heraussteigt aus seinem Leben. Jeder einzelne, der auf dem Theater auftritt, drängt sich vor, weil er den stillen Bestand all der Menschen gefährden möchte, die sich damit zufriedengeben, gerade so eben bestanden zu haben und es, darüber hinaus, nicht einmal zulassen wollen, daß einer vor sie hintritt und über sie herausgehoben wird. Die Radfahrer bleiben ja auch in ihrem Feld, auf das sie gesäet sind wie Knochen in den Boden, doch dann reißt auf einmal ein Spitzentrio aus und gewinnt Gold, Silber, Bronze. Sie haben sich vom Feld abgesetzt wie die Schauspieler von uns. Sie irritieren uns mit ihrem angemaßten Geschick. Da ist dieser Raum, und Geschickte stellen Geschicke von ins Geschirr gespannten zweibeinigen Kreaturen dar. Sie haben es gelernt und glauben daher, es immer tun zu müssen.

Auch wenn sie gar nichts zu tun haben, verkörpern sie das

Fortwährende, weil sie nicht aufhören können, und, wo immer sie sind, ihren Mantel aus Sprache, an dem dauernd einer zerrt (egal wer, die Autorin nicht, die traut sich längst nicht mehr), nicht hergeben wollen. Dieser Raum ist schon völlig überheizt, aber diesen Königsmantel hängen sie nicht an den Haken. Sie haben ihn von so hoch heruntergeholt, womöglich kriegen sie ihn nicht mehr rauf, auch wenn sie einen Königswurf in den Korb riskierten. Doch die Sprache fällt unten immer wieder raus.

Ich will aber, daß die Schauspieler etwas ganz anderes tun. Ich will, daß die Sprache kein Kleid ist, sondern unter dem Kleid bleibt. Da ist, aber sich nicht vordrängt, nicht vorschaut unter dem Kleid. Höchstens daß sie eine gewisse Standfestigkeit verleiht dem Kleid, das aber, wie jenes des Kaisers, wieder verschwindet, wie Rauch zerfließt (obwohls eben noch fest war), um Platz zu machen für ein anderes, neues. Wie unter dem Pflaster der Strand, so unter dem Pflaster die nie heilende Wunde Sprache. Also noch einmal, aber anders: Ich werfe sie wie Mikadostäbe in den Raum, diese Männer und Frauen, denen noch Fetzen von Heidegger, Shakespeare, Kleist, egal wem, aus den Mundwinkeln hängen, wo sie sich unter anderem Namen, selbstverständlich sehr oft dem meinen, vergeblich zu verstecken suchten; und, ohne berührt zu werden, sollen sie uns berühren, die Schauspieler, aber es darf keiner wackeln dabei, aus der Bahn geraten, Anstoß erregen. Tja, Anstoß erregen darf er meinetwegen schon. Ich sage es, weils eh nicht zu ändern ist. Ich habe schon oft gesagt, daß ich kein Theater von ihnen will. Wenn sie nämlich theaterspielen, dann gefährden sie sich, wie es bei Selbstbegegnungen, im Traum, vor dem Spiegel, in den Augen eines Liebenden geschieht, dann gefährden sie sich in dem Verhältnis zueinander und dem Verhältnis zu dem, was sie sprechen, also denken, also sein sollen. Sie dürfen aber auch nicht sie selber sein wollen. Das Allerschlimmste ist, wenn sie, was sie da werden sollen, mit dem in Übereinstimmung zu bringen suchen, was sie bereits sind. Die Herausforderung besteht vielmehr darin, daß sie, wie fleischfarbene Schinken, die nicht nur nach

Fleisch aussehen, sondern Fleisch auch sind, aufgehängt in der Räucherkammer, im Schacht einer anderen Dimension, die nicht Wirklichkeit, aber auch nicht Theater ist, uns etwas bestellen sollen, eine Nachricht die Anfänger, eine Botschaft die Fortgeschrittenen. Und dann merken sie, daß sie selber ihre eigene Botschaft sind. Schon haben sie etwas falsch gemacht und müssen noch einmal würfeln, um sich nicht in der Ferne verlieren zu müssen. Wer könnte es besser? Jeder ist er selber. Sie sind was sie sind. Wie Gott, der ist, der er ist. Das ist doch eine schöne und große Aufgabe, oder? Die Schauspieler SIND das Sprechen, sie sprechen nicht. Aber da sie ja zu mehreren, zu vielen sind und mich mühelos ausknocken und auszählen können, muß ich sie verwirren, disparat machen, ihnen ein fremdes Sagen unterschieben, meine lieben Zitate, die ich alle herbeigerufen habe, damit auch ich mehr werden und ausgeglichener punkten kann als bisher, da ich nur eine einzige war. Jedem das Seine, mir aber alles, so, jetzt habe ich mir mich selbst, eine Doppel-, eine Mehrgängerin von mir, unter das Bürzel geschoben, ohne es gemerkt zu haben. So einfach geht das, wenn man auf einem Ei sitzt, das gelegt werden soll, und nicht herauskann aus dem Dunkel der vielen Stimmen, die bereits vorgesprochen haben und in den Abtritt gekommen sind. Ich will natürlich zu mehreren und größer sein als ich bin; so kommen sie daher, so kommen sie mir gerade recht, die Nachbarskinder Fichte, Hegel, Hölderlin, und bilden eine babylonische Mauer mit mir. Müssen sich einfügen, müssen sich mir fügen, da gibts nichts, sonst schneide ich ihnen von ihrem Gestell was ab. Und die Schauspieler sind derart ehrgeizig, daß sie da rüber auch noch hupfen, es ist nicht zu erfassen!

Alles häufe ich auf mich drauf wie Schläge auf die von fremden Zähnen ohnehin schon malträtierten Torten, nur um in einen Einklang mit mir und diesen Fremden da auf der Bühne zu geraten, bis wir alle, und zwar ohne jedes Taktgefühl, jeder in seinem eigenen Rhythmus die Wirklichkeit herausfordern, ich sage in einer harmonischen Terz mit Herrn H. hier: bestellen. Und wo habe ich diesen Bestellzettel jetzt hingelegt?

Egal. Die Zeugen meiner Anklage gegen Gott und Goethe, mein Land, die Regierung, die Zeitungen und die Zeit solo, sind die jeweiligen Figuren, jedoch ohne sie darzustellen und ohne sie sein zu wollen, weil sie sie ja schon sind! Also nicht im Sinn einer platten Identifikation mit einem Etwas, sondern im Sinn eines Sinns von etwas! Der Sinn läuft überhaupt durch den Schauspieler hindurch, der Schauspieler ist ein Filter, und durch ihn läuft Sand durch Sand, ein anderer Sand, durch den Sand, Wasser durch Wasser. Da stellen sie sich ein, die Damen und Herren Sinnvergifter, saufen aus meinem Brunnen, weil sie da eingestellt worden sind. Von mir und vom Herrn Direktor, der hier nicht auftritt und nichts zu sagen hat. Das wäre ja das letzte! Schein sein! Das wäre ja Betrug an mir! Und daß sie das Wirkliche darstellen, das wäre ja fast so, als glichen sie ihrem eigenen Wesen, das aber demjenigen zu gleichen hat, das ich ihnen vorschreibe. Ich bin verflucht und zugenäht: auch das war jetzt wieder falsch! Auf dem Theater kann jeder sich selbst begegnen und doch achtlos an sich vorübergehen, weil er sich dabei noch immer nicht fest genug getroffen hat. Ich glaube, das Theater ist der einzige Ort, an dem das möglich ist. Ich bin die Herausforderung, doch es liegt an jedem einzelnen, ob er diese Forderung auch annimmt oder mir den Handschuh ins Gesicht zurückwirft, der noch die Form der Hand, der Finger bewahrt hat. Und so kommen wir wieder zum Kleid zurück:

Da ist ein Gerichtssaal, und ein als Mörder Angeklagter spielt, daß er sich diesen Handschuh nicht anziehen kann, obwohl der Handschuh schreit und schreit, daß er diese Hand bereits kennt, daß er sie schon einmal, indem er über sie kam, besiegt hat. Doch er hat sie nicht geschaffen. Wie? Der Handschuh hätte die Hand nicht geschaffen? Das will ich wohl glauben, aber gewiß ist, daß die Hand den Handschuh gemacht hat, indem sie ihn mit Leben erfüllte, nur um Leben dann wieder auszulöschen, so leicht wie man eben einen Handschuh auszieht, ganz nach Belieben. Auf dem Theater – danke ebenfalls.

Die Bühne macht nicht den Schauspieler, obwohl man das

beinahe glauben könnte, treten die Schauspieler doch leider meist auf einer Bühne auf, weil sie wo anders nicht soviel Raum vorfinden, in dem sie sich produzieren können. Ich schicke sie also hin, damit sie Geschicke darstellen. Moment, jetzt habe ich gerade eine Erfahrung am eigenen Leib gemacht, an der ich es noch besser beschreiben kann: Das meiste, das es gibt, ist naturgemäß das Fernsehen, nur dort versammeln sich die Dinge, auf die es ankommt, ohne daß man die Gegend verlassen müßte, denn die Gegend kommt zu Ihnen ins Haus! Urwälder, Wüsten, Außerirdisches, der Herr der Welten persönlich muß uns diesen Ort aufgesperrt haben, kein Mensch könnte ihn sich auch nur ausdenken, und dann der Engelssturz: Bild unlesbar, Ton unhörbar schlecht! Ich nichts wie hin, und ich muß die ganze Zeit über die Antenne in meiner Hand halten, damit ich überhaupt etwas sehe und höre. Ja, das Sehen und Hören, das kann ich beschwören, vergehen mir sofort, wenn ich die Antenne wieder loslasse! Sie verstehen es jetzt? Gut. Dann vergessen Sie es wieder, denn ich sage es jetzt mit komplett anderen Worten, damit Sie sehen, was das Theater ist. Dort ist es nämlich genau so oder auch nur so ähnlich, doch es ist Ihnen egal:

Die Schauspieler erzeugen die Bühne, und wo sie sind, dort ist auch jene. Schön festhalten den Draht zum Schöpfer, durch den das alles hindurchfließt! Es ist ja auch der Anschein nicht mit dem Schein verwandt, nicht einmal verschwägert. Es kann etwas leicht wie etwas anderes aussehen, doch deshalb hat es noch lang keinen Grund, so zu strahlen! Meine Taschenlampe, ist die Batterie leer, scheint immer noch scheinen zu können, ich nehme sie zur Hand, aber oh je, strahlen tut sie nicht mehr! Der muß ich erst etwas einschieben, so viele fremde Worte, die Wesens von sich machen, die Wesen aus sich machen. So auch der Schauspieler. So nicht, Herr, Frau Schauspieler! Ist Ihr Inneres aufgeladen, müssen Sie deshalb noch längst nicht Schein sein! Sie haben zwar die Fähigkeit, Schein zu erzeugen, aber aus irgendeinem Grunde tun Sie es heute nicht. Hole ich mir halt einen andren, eine andre, wir haben ja genug von ihnen! Ja, wir haben genug von ihnen!

Also lade ich ihn, den Schauspieler, mit der Herausforderung meiner Sprache auf, mische die unbezahlten Forderungen von mindestens zweihundert anderen Autoren, die groß waren und wirklich gelebt haben, auch wenn sie uns heute unwirklich erscheinen, und mische alsdann auch noch meine eigenen Einkaufsposten, die sich sofort neben mir aufpflanzen und keinen mehr durchlassen, darunter; der Schauspieler erhält die Anforderung, welche jetzt auch die meine geworden ist, habe ich doch auch die Autorität von gespenstischen Hauswesen, Fremden, Geistern, die ich herbeizitiert habe, auf den Block, den Einkaufszettel dazugeschmiert und sie dem Schauspieler dann auf den Körper gedrückt. Na, die kriegt er nie mehr ab, jetzt kann er das Theater verlassen und später wieder reingehen, meinen Stempel trägt er. Meine Forderungen kann er, wenn er sie benötigt, immer vom eigenen Körper ablesen, wohin ich sie ihm gestempelt habe. Techniklärm bitte los! Der Darsteller spürt, daß ich ihn notfalls an seinen Haaren aus dem Depot zerren werde, damit er bei mir einkaufen geht, und was tut er?

Was tut er, um auf seinem Weg mit dem Thespiswagerl durch die Regale wenigstens einmal wieder sich selbst begegnen zu dürfen, was ich ihm ausdrücklich verboten habe? Er darf meinetwegen jedem, auch mit seinem Hund Gleichmut, begegnen, nur nicht sich selber. Er muß meinen Anspruch vernehmen und gleichzeitig muß er ihn übersehen können, um einer zu werden, der selber Ansprüche stellt. Und zufällig sind das dann auch die meinen, die ich ohnehin die ganze Zeit gemeint habe! Bravo! Jetzt hat er es richtig gemacht. Jetzt hat ers geschnallt. Er ist jetzt ich, doch ohne darauf zu beharren und ohne auch darauf zu beharren, der zu sein, den er darstellen soll. Er soll überhaupt nicht beharrlich sein, sondern jeden Moment zu steuern. Ich halte seinen Knüppel, der am Ende doch immer wieder nur mich prügeln wird. Er kann nicht so einfach ein anderer werden, aber er kann ein anderer sein! Allerdings wiederum nicht ganz der, den er darstellen soll, sondern einer, den er erschafft, den er aus dem Bergenden seines Körpers hervorzieht, nichts Halbes und auf keinen

Fall, bitte!, schon gar nicht was Ganzes. Nicht sich hervorholen bitte und auch keinen anderen. Im Irgendwo hängenbleiben, aber keinen Hänger haben, an dem man ihn an die Wand hängen könnte, daß er einen festen Ort bekommt, von wo das Weiche seines Fleisches herabbaumelt. Bis er wieder zum Vorschein kommen darf, der auch eine Art Schein ist, aber gleichzeitig auch wirklich. Gefährlich. Für alle. Zur Entnahme bereit. Ungesichert, aber gesteuert. In meinen Schriftzügen festgelegt, bis er hervorkommt, mit diesen Zügen entgleist, in den Wald kracht, und als ein ganz anderer wieder zum Vorscheinen gebracht wird. Ich halte mein Licht, um ihm nachzuscheinen, aber jetzt ist er endgültig weg, egal ob ich es will oder nicht.

STECKEN, STAB UND STANGL

Eine Handarbeit

«Wer sagt, daß es nicht um einen
Konflikt bei einem Waffengeschäft,
einen Autoschieberdeal oder um
Drogen gegangen ist.» J. H.

Eine überdimensionale Supermarkttheke in Chrom und Glas. Das meiste, was man sieht, ist mit eiskremfarbenen Häkelüberzügen, meistens rosa, überzogen, für manche Dinge kann man vielleicht auch Filz nehmen, jedenfalls ein weiches, stumpfes Material, das immer an Handarbeiten erinnern soll. Im Verlauf des Textes wird an den Häkelwaren herumgebessert, geflickt etc. Die Schauspieler sollen damit, fast unmerklich beginnend, sukzessive immer stärker beschäftigt sein. Am Ende ist eine Handarbeitslandschaft entstanden. Auch die Schauspieler sind dann mit Hüllen überzogen.

Auf einem Bildschirm oder einer Leinwand, dem einzigen Ding, das nicht überzogen ist, erscheint in Leuchtschrift: Achtung, EU, die Österreichen kommen! Nach einiger Zeit ändert sich das Schild in: Achtung, EU, die Österreichsten kommen!

Im Publikum, in dem, verteilt, ein paar Leute Platz genommen haben, Unruhe, weil diese Leute leise auf ihre Sitznachbarn einzureden beginnen, die Unruhe soll sich steigern. Es ist auch möglich, schon vor Beginn von jemandem am Arm ergriffen zu werden, dem der Sachverhalt, von dem die Rede sein wird, kurz geschildert wird. Das jeweilige Aufführungs-Team sollte an Orten, wo man von den Roma-Morden im Burgenland wahrscheinlich nicht so viel weiß, sich mit den die Morde betreffenden Fakten vertraut machen und die Ergebnisse seiner Recherchen, die Anschläge der sogenannten Bajuwarischen Befreiungsarmee betreffend, dem Publikum mitteilen, in welcher Form auch immer. Kleiner Dia-Vortrag, Fotos dem Sitznachbarn zeigen, etc. Die oben genannte Informierung des Publikums ist nur eine der vielen möglichen.

EINER, EGAL WER: Bitte, sehen Sie hier eine flache Landschaft, in die versenkt Jauchegruben, Ziegelteiche, Erdhügel ruhen, eine Ebene, die gleichmütig von sich selbst fortstrebt! Sie ist leer und doch wieder nicht, das sehen Sie doch, oder? Normalerweise ist Leere das Fehlen von etwas, und sie ist auch das Fehlen von dem dazwischen, das sich hätte zeigen können. Vorausgesetzt, wir hätten rechtzeitig darauf geachtet.

Schauen wir einmal in Ruhe in die Landschaft hinein! Was, es geht nicht? Diese ganze kraftlose Erd-Schüttung in ihrer riesigen Vermessenheit, die man kaum vermessen kann, weil einem Ungarn und andere Länder dabei im Weg sind, wäre zu groß, um ein Deck-Mantel für uns zu werden? Und trotzdem können Sie alles beobachten?

Einen Grund dafür muß es gegeben haben, daß gestern zum Beispiel jemand vom Dachboden heruntergeschossen hat, weil seine Frau sich scheiden lassen und die Kinder mitnehmen wollte. Ein Gendarm.

Jawohl, jetzt sehe ich es auch: Dies hier ist bloß ein Zeitungsfoto, das einer von uns geschossen hat. Ja, treffen müßte man können! Was, Sie können auf diesem Foto überhaupt nicht feststellen, was das Eigentümliche dieses Raumes ausmacht?

Na gut. Ich sage es Ihnen: Wie Geistergestalten steigen vier Menschen aus ihren Körpern heraus, streifen sich die Hüllen von den Füßen. Wie Langzeitpatienten, schon routiniert, putzen sie den Schmerz von sich ab. Fleißig grün, so fließt die Landschaft um sie herum.

Ein Steinbruch: Sand! Jetzt kennen wir den Bruch also unter dem bewölkten Himmel, von dem der Sand genommen wurde, der den Sockel des Sprengstoffpakets beschwert hat. Das Paket mit dem Explosivstoff hat, kaum daß es erwacht war, Menschen nachgestellt, und ich versuche, sie im letzten Moment noch zu retten, indem ich sie hier wieder nachstelle, genau so wie sie zusammengehört haben und wie sie auch auf dem Foto drauf sind. Ich bin vielleicht nicht die Richtige dafür, weil ich immer gleich richte, aber wer hat schon mehr als drei, vier Richtige?

Egal. Auch durch meine Gunst werden diese Toten nicht

leben. Sie sind also von diesem bombastischen Paket aus sich herausgerissen worden. Damit sie uns später einmal in die Bildschirme hineinleuchten können, ob uns was fehlt. Nein. Uns fehlt im Moment nichts. Aber natürlich wollen diese Männer jetzt nicht mehr in ihre Bruchbuden, die wir ihnen da hingestellt haben, zurückkehren. So kriegen sie ihr Sein nie mehr zurück! Da müssen sie sich schon etwas mehr anstrengen.
Weiß nicht recht, woher der Wind weht. Blicke weit. Sehe hier die Körper, Planen darüber, damit das Auge nicht beleidigt wird. Radfahrer, Kinder, Sonntagsleute ziehen vorbei, sie sind recht angeregt von all der Aufregung.
Jetzt ist es schon später: Fuhrwerke spazieren vorüber, in denen Große sich selber nachträumen, leise scheinen ihre Figuren vor und nach dem Begräbnis in die Menge zu winken. Sorgfältig sind sie in die Polster ihrer Wagen gegossen. In diesem Augenblick entdecken sie die Ermordeten. Die sind ja auch nicht zu übersehen, denn ein Zipfel von ihnen ragt unter dem Felsvorsprung hervor, auf dem vorübergehend die Monstranz mit dem Allerheiligsten abgestellt wurde. Jetzt entsteht noch mehr Gedrängel, wie immer, wenn Außenstehende von sich in der Zeitung lesen wollen.
Der gesamte Herr Bundeskanzler ist jetzt auch eingepflanzt und steht im Mordzimmer herum, das ein paar Quadratkilometer groß ist. Ein tragischer Held hat das vorausgeahnt, als er und seine Kameraden sich dermaßen überanstrengt haben.
Das Fernsehbild ist längst entwickelt und wird laufend komplettiert mit all diesen Akteuren, die endlich mit sich Staat machen wollen.
Die Häuser hier sind ehrbar: Sie können sich nicht sattsehen an ihrem Zuhausesein. Das, was ihnen zugesprochen worden ist, bewachen sie gut. Vielleicht gerade deshalb, weil sie die einzigen sind, die wissen, wo ihr Raum ist. Den sie daran erkennen, daß er sich unter ihren Füßen nicht mehr bewegt. Sie haben ihn totgetreten. Bleib daheim, Leben!

Was? Ausgerechnet mir wollen Sie dieses Leben geben? Ich bin doch nicht sein Babysitter! Was soll denn ich damit machen? Es ist ja tot! Wie haben Sie sich das vorgestellt? Ich laß es sofort fallen! Spätestens beim Kleiderwechseln laß ich es fallen! Oder glauben Sie, ich bleibe jetzt jahrelang in dieser vollkommen unbefriedigenden, aber immerhin aufrechten Haltung, als wollte ich jeden Moment in etwas hineinschlüpfen, da stehen?

Bitte, treten Sie ein, machen Sie sichs gemütlich, während ich mir meine tiefe Anteilnahme anziehe! Sie nimmt nicht ab, dafür scheine ich zugenommen zu haben. Wenn Sie über diese Schwelle treten, gehören auch Sie zu diesem Haus, werte Herren Tote, da bin ich großzügig: Sie sind hier herausgefordert, da Sie diese im Prinzip gutmütige Gegend ringsum sehen, sich Ihren eigenen ordentlichen Raum zu schaffen. Sie vier gänzlich Arme, die Sie den Fehler hatten, nicht rechtzeitig das Aussehen und die Namen unsrer Bekannten angenommen zu haben. Hätten Sie vielleicht eine bessere Verwendung für diese Gegend, als sich einfach dort hinzustreuen? Wie? Auch Grüngürtelbewohner sollen ihre Gürtel jetzt enger schnallen?

Die Sache sollte insofern rasch untersucht sein, als man den tragischen Helden nicht zu finden wünscht, der Ihre fremden Schritte nicht mehr ertragen konnte.

Jeden Abend dieser Lärm. Ihre Familien sitzen jetzt in ihrer Not beieinander, dieses winzige Zimmer scheint aber schwer zu fassen zu sein, denn die Gendarmen, diese Gestalten, die noch nie etwas gestaltet haben, reißen alles auseinander. Wie meinen Sie? Die stellen alles auf den Kopf?

Die Uniformierten, die Uninformierten schauen hinter, unter Ihnen nach, weshalb Sie alle sich dermaßen abgeschlossen haben, daß man Sie ja geradezu aufsperren mußte! Was Ihnen da passiert ist, werte Tote, tut mir so leid, aber Sie haben an einem Punkt der Abzweigung etwas falsch gemacht, glaube ich, sodaß nicht Sie diesen Raum, der für Sie schon immer Wildnis war, gerodet haben, sondern daß der Raum sich mit einem jähen Biß wie ein zorniger Hund in Sie hineingefressen hat. Schauen Sie da, der flinke VW-Golf! Wie der sich in die Kurve legt, den Motor hochgezerrt so weit es geht, damit die Hose des Fahrers nicht unter der Motorhaube herausrutscht. Von jenseits der Böschung klingts wie der Schrei einer Frau. Ruhig bleiben die Häuser, bleibt die Kirche im Dorf stehn, die Hunde bellen, der Schall zögert immer noch, sich zu setzen, und ein Wohnen ist auch Ihnen nicht bereitet. Außerdem passen Sie nicht in unsre Schulen und Spitäler hinein.

Treten Sie wenigstens jetzt beiseite von dem Platz, an dem Sie liegen! Was, Sie wollen nicht? Wollen Sie nicht oder können Sie nicht? Auch der Platz, an dem Sie da liegen, ist Ihnen übrigens nur geliehen. Auch diese Tages- und diese Jahreszeit. Es klopft. Sie springen auf. Wer mag schon mit Fremden mitgehen?

EIN ANDERER: Warum trauen Sie sich nicht was? Trauen Sie sich zum Traualtar!

EIN MANN: Margit, Sie arbeiten als Heimhilfe. Was ist Ihnen dabei passiert? Oh je, Sie sind bei einer echt menschlichen Handlung erwischt worden! Was ist denn das Echte? Darf ich gleich für Sie antworten, liebe Margit? Es ist das Gemäße, oder vielleicht sagen wir lieber: das Gemäßigte. Unlängst gingen Sie also für einen Pensionisten, den Sie betreuen, einkaufen. Als Sie in dem Selbstbedienungsladen in Wien Meidling zum Fleischstand kamen, standen dort, wie Sie mir sagten, 25 Personen angestellt, oh je, 25 haben wir nicht, wie viele kriegen wir denn zu uns auf die Bühne? Ich schätze, so acht bis zehn, mehr werdens nicht, also kommen Sie halt! Egal wer da ist. Wie fassen wir diesen Punktestand jetzt zusammen?

Ein paar Personen, teilweise umhäkelt, kommen zögernd herauf und stellen sich vor der Theke an. Sie beginnen sofort, aneinander zu handarbeiten.

DERSELBE MANN: Was sagen Sie? Aha! Es war ein günstiges Sonderangebot ausgeschrieben. Sie, Frau Margit, bleiben Sie noch einen Augenblick bei mir, baten die erste Dame, die in der Menschenschlange stand, Ihnen doch 30 dkg Faschiertes mitzunehmen. Sie seien Heimhilfe und in Zeitnot. Ich kann es kaum fassen, was Sie zur Antwort bekamen. Frau Margit, darf ich unserem Publikum kurz erklären, was Sie mir vor der Sendung gesagt haben? Das kann jeder sagen, kam es schnippisch zurück. Zwei weitere Personen beschimpften Sie, liebe Frau Margit S., sogar, erst ein etwa 16jähriges Mädchen, das an vierter Stelle stand, erklärte sich bereit, Ihnen zu helfen. Worauf mehrere hinter dem Mädchen Wartende sogleich lauthals protestierten. Ein Kongreß über Menschlichkeit hat da eigentlich nicht stattgefunden, oder, was meinen Sie? Ich bin auf Ihre Antwort sehr gespannt. Schreiben Sie mir oder rufen Sie noch während unserer Sendung an!

Der Fleischer, er ist übrigens in rosa Häkelkleidung mit Häkelschürze und trägt einen gehäkelten Schweinskopf über seinem eigenen, nimmt seinen Platz ein und überzieht ein, zwei faschierte Laibchen mit Häkel und überreicht sie Margit S., die die Laibchen an ihrer Kleidung festnäht.

MARGIT S. *zum Fleischer*: Ich denke, den Tod können wir höchstens als einen Betriebsunfall zulassen, lieber Herr Stab. Da wir den Glauben an die Unsterblichkeit verloren haben, können wir auch nicht mehr recht an die Sterblichkeit glauben. Nicht alle werden, so wie ich, durch die Frage nach einem Sinn des Lebens beruhigt.

Danke, daß ich hier auftreten durfte, wenn auch nur kurz. Leider war es mir verwehrt, mich dabei zu beobachten. Aber ich habe meinen Videorekorder programmiert, wenn ich schon nicht live bei mir dabeisein darf. Nein, das kann doch nicht ich sein! Das Gerät muß kaputt sein. Halt, ich sehe jetzt doch etwas, aber nicht mich! Ich sehe eine Frau, die mit irgendwelchen Übungen anfängt. Sie macht gerade eine unbeholfene und doch oft geübte Bewegung in der Wassertiefe, und dann holt sie doch wieder nur Geschirr aus der Abwasch heraus. Mir, unserer Frau Margit, wird das gewiß vertraut vorkommen. Es ist eine Situation wie jeden Tag. Die Geräusche werden scharf beobachtet. Was regen Sie sich auf wegen der paar Toten? Was sagen Sie?

Wer regt sich auf? Es regt sich ja gar keiner auf. Hören Sie bitte weiter:
Die einen, nicht die Unglücklichsten, haben die Seele des Kindes, das noch nicht danach fragt; die anderen fragen nicht mehr, sie haben das Fragen überhaupt verlernt. Zwischen ihnen stehen wir, die notorisch unzufriedenen Suchenden. Wo bitte bekomme ich den inländischen Käse? Ich möchte bitte eine Österkrone, das ist der oberste Käse, von unten her gesehen.

KUNDE *begütigend*: Österreichliche Menschen sind manchmal fast ein wenig kleinlich, vor allem, wenn sie sich irgendwo anstellen müssen. Doch das kommt eigentlich nicht aus ihrem Wesen. Es fliegt ihnen aus ihrer täglichen Umgebung zu, wie die Backhenderln. Da setzt sich ihnen was auf die Schulter, und sie merken, noch im Zusammenbrechen: das sind ja Adler gewesen! Oh je, Herr Stab, ich glaube, ich habe das Wahre jetzt noch nicht recht getroffen. Ich fürchte, ich werde noch einmal draufhauen müssen.

MANN: Na, versuchen wir es einmal anders, Frau Margit: Manche von uns Österreichern können sich nicht auf die Stufe des Naiven zurückversetzen. Das Leben hat sie einfach noch nicht mit seinen rätselhaften Augen angeschaut, ob der Herr Berger oder die Frau Sowieso, wie heißt die schnell, diesmal wohl gewinnen werden. Der Techniker, der Slalom- wie der Kurventechniker, kann auf die Natur nicht verzichten, denn er will in ihr wirken. Er läßt sich von der Natur ihre Maße diktieren, doch er glaubt ihr nicht. Er will selber sein Unmäßigkeits-Band an sie anlegen dürfen.

FRAU: Mich beschäftigt, während ich auf den Lift warte, eine grundsätzliche Frage: Wie kann man sich nur dauernd Toten widmen? Dazu ständig Friedensmelodien von sich geben? Das ist doch unnatürlich. Besser wärs, sich der Natur zu Füßen zu werfen. Und wenn die dann glaubt, man habe sich ihr endlich unterworfen, und woandershin schaut, wohin sie wohl diesmal ihre Steine schmeißen könnte, dann dezimiert man währenddessen in Ruhe ihre Geschöpfe. So. Da liegen sie, die vier Herren.

Der Steinbock ist im Aussterben, die Gemse ist chronisch krank, und keine Äste von Fichten, sie und all die andren toten Arten wenigstens notdürftig zu bedecken. Damit man sich später dann an einem Ort wiederfindet, wo man gerne aufgefunden würde, stimmts nicht, Herr Stab? Manche sagen, sie seien nach ihrer Ermordung noch bewegt worden, diese vier Herren, bitte, kommen Sie einen Augenblick herauf zu mir, meine Herren Verstorbenen, damit unsere Zuschauer sehen, ob Sie bewegt sind. Könnten Sie sich bitteschön wieder so ungefähr sternförmig dorthin legen, damit unsere Zuschauerinnen und Zuschauer einen Begriff davon bekommen? Ich persönlich bin nicht der Meinung, daß Sie bewegt worden sind. Ich gehe jetzt einen Heizlüfter holen, denn sportlicher Ruhm ist auf die Dauer vielleicht etwas kalt, oder? Immerhin. Im Schnee sind wir schon recht bald wieder zu Ansehen gekommen. Dorthin haben wir all unser Wasser abgeschlagen, und der Herr ist unser Hirte, ich meine, er ist der Mann an unserem Ruder, damit wir endlich einmal über uns und unseren Mangel hinwegkommen. Ich habe eine Idee: Lassen wir jetzt einmal ein Orchester ein bissel was für uns spielen! Es spielt für Sie das Radio-Symphonieorchester des ORF! Wir alleine geben darin den Ton an. *Musik!*

DER FLEISCHER *Schweinsköpfe mit Häkel überziehend*: Applaus für Frau Margit! Ich muß ihr allerdings in einem entscheidenden Punkt widersprechen, und zwar, als sie folgendes sagte, ich weiß nicht, ob Sie, meine Damen und Herren, mir da nicht zustimmen werden. Sie sagten also, wenn ich recht verstanden habe: Gewitterpflichtige Leichensäcke richten sich auf im Trauerkondukt. Ein Gruß steht Kopf zwischen zweien. Was kümmert mich der Name, der mich trägt? Es brennt. Ich will Ihnen sagen, woran ich überhaupt bemerkt habe, daß da etwas anbrennt, denn gerochen habe ich es nicht. Ich habe es daran gemerkt, daß eine unserer tüchtigsten Abfahrtsläuferinnen buchstäblich aus heiterem Himmel in einen Pfahl hineingestürzt ist und sich dabei den Kopf abgerissen hat. Ihr Name

ist noch nicht vergessen worden, nur mir fällt er gerade nicht ein. Unwillkürlich nahmen für einen Augenblick auch wir Millionen Fernsehzuschauer Abschied vom Leben. Warum sind wir jetzt alle plötzlich nicht mehr wahr? Warum ist auch dieser Sieg im Schispringen zum Beispiel nicht ganz wahr geworden, sondern nur fast? Warum ist es nicht wahr, daß Thomas Muster das Viertelfinale im Daviscup erreicht hat? Aber es ist ja wahr! Mein Gott, gestern ist es wahr geworden! Der Herr Muster hat es wahr gemacht! Vor uns sehen wir die Schönheit seiner lebendigen Gestalt, wer könnte leugnen, daß er und all die anderen Sportler sie besitzen, eine solche Schönheit, mein Gott, das kann doch nicht wahr sein! Gott! Was hast du da wieder gemacht?
Sie durchfahren nun die Bläue des Tages, unser Gerhard Berger, diese personifizierte Mühe der Ebene. Unser Andi zum Beispiel der fliegt wiederum zur Sonne hinauf, und dann fliegt er wieder runter, durchs blaue Meer der Luft. Unter ihm die goldenen Bänder von Flüssen und Straßen. Er wird aus einem schönen Gebäude abgelassen, das wir eigens dafür gebaut haben. Er wird abgelassen wie Wasser. Und es gurgelt nicht ein bißchen, wenn er, im Verdunkeln seines Bildes, verschwindet, unser braver Goldandi unsere Goldammer! *Der Fleischer schneidet sich seine gehäkelten Schweinsohren vom Kopf und legt sie zum Fleisch dazu.*

DER FLEISCHER: Allein dem Menschen kommt Spielerisches zu, diese einzigartige Möglichkeit, ohne Grund von einer Schanze zu springen, sich zwischen Torstangen zu biegen, Ortstafeln zu verbiegen, neue aufzustellen oder auch nicht. Ich glaubs einfach nicht! Roma, zurück nach Indien! Diese plastischen Gebilde sind ja Körper! Aber warum hat man so Sprünge und Risse hineingemacht? Fragen wir einmal unseren Herrn Stecken, warum das gemacht worden ist! Und ich frage mich derweil etwas ganz anderes: Wenn man mit Schwung in den Firn, übers Eis gleitet, was denken, was empfinden da unsere Mädeln und Burschen? Was empfindet zum Beispiel unsere Emese? Ist sie zufällig heute da? Nein, leider, unsere Emese konnte heute nicht kommen!

Sagen Sie es uns halt an ihrer Stelle, Herr Stab! Ach so, der bin ich ja selber!

Ich frage mich also, ich kann aber auch den Herrn Sportreporter Prüller fragen: Was empfindet der Normalbürger am Pistenrand, während ein Sein, sagen wir, irgendein beliebiges, behäbiges Sein einfach so auf ihn zuläuft, und er merkt zu spät, wenn er schon danach greift, um es ungeschickt mit einem deutschen Schäferhund zu verprügeln – entschuldigen Sie, ich sehe jetzt erst, daß, umgekehrt, ja mein Hund es ist, der da von Ihnen geprügelt wird, Polizei! Verschwinden Sie und zwar schleunigst! – der Zuschauer merkt also, daß dieses Sein ja gar nicht seins war, sondern eins, das er gar nicht gekannt hat. Und während er sich noch wundert, daß da einfach einer mitfährt, den er gar nicht kennt, rast auch schon dieser Läufer dicht an ihm vorüber. Den Fahrwind spürt er, der ewige Zuschauer, gerade noch an der Wange, metallisch, als hätten ihn die Kanten von Schiern geritzt. Na, endlich tauen Sie etwas auf, liebe Zuseher!

FRAU: Halt, Herr Stab! Was ist unser Beitrag? Können wir ihn uns vielleicht vorstellen als einen Ofen, der das seinige zum Gericht beiträgt, ja das Gericht erst zu einem richtigen Gericht macht? Herr Oberster Gerichtshof Stab: In diesem Geschäft ist mehr Fleisch, als ich überhaupt verheizen kann, also verheize ich jetzt den sympathischen Karl Wendlinger in der Formel 1. Wo er doch den schrecklichen Unfall gehabt hat, wer hätte gedacht, daß der je zu uns zurückkommt?

Ich bin der Meinung, liebe Zuhörer, daß das Leben, mag es noch so Schreckliches bringen, doch gutmütig hinzunehmen ist, denn der Körper des Herrn Formel 1-Fahrers Berger und der Körper des Herrn ehemaligen Formel 1-Fahrers Wendlinger verkörpern etwas. Aber diese Körper, die da beim Pfahl liegen, nein danke! Also für mich verkörpern die gar nichts.

KUNDE: Falls ich mich irgendwo zum Rasten hinzulegen wünsche, dann doch nicht ausgerechnet dort! Ein Steinbruch, Öde, Hügelland, Zweifel, eine Tiefe, der der Boden entzogen ist. Ja, jetzt heißt es also Daumenhalten für unsere schneidigen Buam. Da werden wir uns aber geschnitten haben!

DER FLEISCHER: Liebe Frau Margit, Stab mein Name.

FRAU MARGIT: Was? Ich habe geglaubt, Stab heißt der Herr dort drüben.

DER FLEISCHER: Der heißt auch so. Wir haben hier, außer mir, noch einen ganzen Stab an Stäben zu unsrer Verfügung. Und das ist gar nichts! Stellen Sie sich vor, das sind alles Menschen, die sich nicht benützen lassen! Sie sind eben nicht hohl. Wenn sie wenigstens Halme wären, dann könnte man Coca-Cola aus ihnen trinken.
Liebe Frau Margit: Warum sagen Sie unserem Publikum denn nicht, was Sie mir, rein privat, vor der Sendung gesagt haben, daß Sie in unseren Sportlern den Geist der Jugend als subjektiven Zeitsinn des Spiels gegen das Nichts des Todes erkennen? Und daß Sie fürchten, die Folge davon sei, daß wir nicht nur den endlichen, sondern den unendlichen Partner früher oder später wieder einmal preisgeben werden, nur damit dafür dann wir die Preise bekommen: im Abfahrtslauf zwar nicht, im Slalom auch nicht, aber dieses Jahr immerhin in der Nationenwertung. Unsereins lebt am besten wie jeder, ich meine wie jeder, der gewonnen hat und seither immer wieder gewinnen will.

FRAU: Mir gehen gerade die Augen auf!

DER FLEISCHER: Die wenigen Zukünftigen sollten zu sich auch die wesentlich Unscheinbareren hinzuzählen, glaube ich, denen keine Öffentlichkeit gehört, die aber in ihrer inneren Schönheit das Vorleuchten von etwas Großem in sich sammeln und damit wieder den Wenigen und Seltenen im Widerstrahl ihr Leuchten schenken.

FRAU MARGIT: Ich glaube, Herr Stab, ich begreife jetzt, weshalb Sie diesen riesigen Stoß von Artikeln geschrieben haben. Wo doch ein einziger Satz bei Ihnen schon so lang ist, daß man seinen Anfang im Nebel am Ende gar nicht mehr ausmachen kann. Und so hat man den Satz schon verloren, kaum daß man ihn begonnen hat. Ja, Ihr Strahl kommt aus der Röhre, in die unser Publikum schaut, die eben gerade kein Backrohr ist, auch wenn darin etwas mit jedem Tag knuspriger braun wird, sondern ein Bild. Allerdings auch wieder nicht unser Bild, sondern immer das von jemand andrem.

MANN: Sie haben ganz recht, Frau Margit. So können unsere lieben Zuschauer nur ihre Blicke verschwenden, zum Glück sind ihnen jedoch nicht lebendige Menschen in die Hand gegeben, oder doch? Manchmal haben wir echte Menschen im Angebot. Heute große Menschenschleuder, zum Sonderangebot! Das heißt aber nicht, daß Sie die wirklich schleudern dürfen. Die werden doch hin! Naß aufhängen. Abtropfen lassen. Macht ja nichts. Aber sorgen Sie dafür, daß Sie, meine Damen und Herren, jedesmal nicht dort gewesen sein werden, wo die kaputtgegangen sind. Die Wesen, die Sie in die Hand bekommen, oh, ich sehe, das Wesen der Geschichte ist diesmal leider nicht darunter, vielleicht das nächste Mal!, schauen wir noch einmal genauer hin, nein, Ihr Wesen kann es auch nicht sein, das Sie da in der Hand halten, liebe Frau Margit! Dazu ist es zu klein. Ihr Wesen, das ja immerhin auch alle Ihre Hobbies mit einschließen sollte, könnten Sie ja gar nicht heben! Und außerdem scheint dieses kleine Wesen da schon jemandem zu gehören! Hat da nicht jemand nach einer kleinen Olivia geschrien?

So passen Sie doch auf! Mein Gott, soeben hat eine Mutter ihre zwei Kinder zum Fenster hinausgeschmissen und ist hinterhergesprungen! Entsetzlich! Das eine Kind ist vor dem herbeigeholten Polizisten aufs Pflaster geknallt, das zweite ist auf dem Polizisten gelandet. Liebes Publikum: Diese Frau hat begriffen, worauf es ankommt! Da können sogar Sie noch was lernen! Denn es bleibt auch Ihnen nur das Beharren auf der Einzigartigkeit Ihres individuellen weil unteilbaren Todes, ohne daß noch einsichtig zu machen wäre, wie Sie, ein Quasi-Einziger, sich zu einem anderen Quasi-Einzigen verhalten können und sollen.

Sie dort! Würden Sie einmal kurz zu mir auf die Bühne heraufkommen?! *Er holt einen aus dem Publikum und häkelt sich in Windeseile an ihm fest.*

FRAU *begütigend, leise zum Ausgewählten*: Das Snowboardfahren ist etwas, das Sie, zumindest am Anfang, zwingt, sich dauernd selber wehzutun, also, warum tun Sie es dann? Was? Irgendetwas in Ihnen gehorcht Ihnen nicht? Wenn Sie wollen, daß Ihnen was gehorcht, dann müssen Sie halt Blumen pflücken!

DER FLEISCHER: Darf ich an dieser Stelle eingreifen? Das ist die Pflicht des Moderators, aber die Leute werden davon leider nicht moderater. Danke! Ich meine, diese vier Körper, sternförmig um den Pfahl mit der Hinweis-Tafel «Roma, zurück nach Indien!» auseinandergerissen, die haben Ihnen doch gehorcht, ist das denn gar nichts? Ein Händedruck von Ihnen, jeder zweite ist ein Mörder, sagt der Dichter, ein Händedruck aus gepreßter und an Ihnen festgeschnallter Luft also hat genügt, Sie, werte von uns Verstoßene, in die Höhe zu werfen wie Tontauben und dann im Flug zu zerfetzen. Gewiß sind Sie Sportler, Sie müssen einfach Sportler sein, sonst hätten Sie das doch nie gekonnt!

Vielleicht sogar Wehrsportler bzw. Abwehrsportler. Manchmal wird einem zur Rettung ein Stab entgegengehalten, wenn man schon bis zum Hals im Wasser steckt. Und natürlich ergreift man den dann auch. Man braucht ja einen Halt! Halt! Wer da?

FRAU: Folgt dem Blitz ein Donner, dann nennt man das: ein Blitzlichtgewitter. So. Fertig! Schauen Sie sich dieses Bild in Ihrer Zeitung nur genau an! Wie schön das geworden ist.

DER FLEISCHER *im Häkelwerken*: Bluthufe scharren die Denksträuße zusammen, ein Aschen-Juchhe blättert die Singstimmen um. Freigegeben auch dieser Start. Tür du davor einst, Tafel mit dem getöteten Kreidestern drauf. Sie sehen, solche und ähnliche Sachen beschäftigen mich zur Zeit beinahe ununterbrochen. Ich bin zeitgeschichtlich interessiert.

EINE ANDERE: Entschuldigung, was haben Sie da eben gesagt?

Der Fleischer nimmt statt einer Antwort seinen Schweinskopf ab, darunter trägt er eine rosa Häkelmaske wie sie Bankräuber tragen, eine Schimütze also, die die Augen und den Mund mit Löchern freiläßt. Er näht sich neue Ohren an den Schweinskopf, den er abgenommen hat.

Die folgende Passage wird zuerst normal, dann sozusagen umbrochen gesprochen, das heißt die Leute in der Warteschlange sprechen jeweils eine Zeile des Textes, am Ende der geschriebenen Zeile hört der jeweilige Sprecher auf, und die nächste Zeile wird dann, ohne Rücksicht auf den sich ergebenden Sinn, vom nächsten gesprochen und so fort. Sie hüpfen dabei übermütig abwechselnd aus dem Stand hoch, zusammengehäkelt.

Wenn in einem halbwegs zivilisierten Staat ein Mordprozeß abläuft, dann geht es klarerweise vor allem darum, ob der Angeklagte die ihm zur Last gelegte Tat begangen hat. Als weniger wichtig wird angesehen werden, ob der Mörder sein Opfer erwürgt, erschossen, erschlagen oder erstochen hat. In der großen Politik ist das offenbar anders. Bei dem vor einem halben Jahrhundert begangenen Mordverbrechen des Hitlerregimes an den weniger begüterten Juden – die wohlhabenderen konnten sich ja zumeist durch Emigration retten, nicht selten auch bei den Nazis loskaufen – geht es heute anscheinend weniger darum, ob das Verbrechen begangen worden ist; sondern um die von den Nazis angewendete Todesart.

DER FLEISCHER *im Nähen*: Jaja, die gespenstische Anonymität des Todes hinterläßt ihre Markierung schon im Lebendigen, keiner weiß das besser als ich. Jedes Vieh ist zum Beispiel irgendwo blau gestempelt. Ich persönlich finde das angenehm. Man weiß gleich, mit wem man es zu tun hat und ob der Betreffende gesund gewesen ist, solange er noch Zeit dazu hatte.

Er schneidet brutal ins Gehäkelte hinein und zieht Fäden heraus.

Wie ich schon sagte, eine Markierung also: Und zwar erfolgte diese Markierung in der Annahme des Todes von Millionen anderen, die, praktisch wie sie ist, uns hilft, die Frage nach dem eigenen Tod zu vermeiden. So transformieren wir diese Frage in jene nach dem Sinn unseres Daseins.

In der Abgeschiedenheit unserer Ferienorte versammeln wir alle mit uns Zusammengehörigen. Doch da bleiben uns immer so viele übrig, die nicht zu uns gehören und trotzdem herkommen wollen. Seit gestern sind schon wieder fünfundzwanzig Stück in einem Kühlwagen hier angekommen, plus drei, die schon am Autobahnrastplatz ausgekippt worden sind.

Doch leider, sie werden von Jahr zu Jahr weniger. Unsre Betten ächzen schon darunter, daß sie nicht ganz ausgelastet sind. Was tun, wenn diese Leute, die heuer alle nicht gekommen sind, anstatt in unsere Wirtshäuser, in unsere Vergessenheit eintreten wollen, bis unsere Türen auffliegen und wir mit ihnen? Ja, was machen wir, wenn wir einmal auffliegen? Manchmal schwärmen wir so lang für jemanden, bis wir selber ein Schwarm werden. Aber danach werden wir wieder fünfzig Jahre nichts von uns hören wollen. Einmal muß Schluß sein. Das Leben ist alles und zugleich nichts.

Diese vier wie Papierpackeln über dem eigenen Essen aufgerissenen Leiber, ich sehe sie jetzt vor mir, Mikadostäbe um den Pfahl mit der Tafel herum, hingeworfen, langsam um die eigene Achse rotierend, wie keine Leuchtreklame es je könnte: Roma, zurück nach Indien, kein Wort mehr, keins weniger, wer war das, der das geschrieben hat? Der das war, soll sich sofort bei mir melden, er kann aber auch anrufen. Was, Sie wollen nicht? Wer will mich? War da was? Keine Bewegung, kein Wort, aber einen Augenblick später klingelt es tatsächlich, und wir treten gleich selbst herein. Denn wir werden auf jeden Fall dabeigewesen sein wollen. Wir winken im Takt zur Wettervorhersage.

Wir sind die Engel des Herrn in einer ganz besondren,

handgeschnitzten Version, und wir überbringen, mit unseren blauen Augen blinzelnd und unsre blauen Schals wie Gummibänder schwingend, an denen wir uns zu ihnen herablassen, Maria, Gerti und Margit folgende Botschaft: Wer sagt, daß es nicht um einen Konflikt bei einem Waffengeschäft, einen Autoschieberdeal oder um Drogen gegangen ist?

Wir sind so viele, die so etwas oder etwas ganz Ähnliches sagen wollen. Zuweilen sind wir sogar gezwungen, uns vorzudrängen, um es noch ein zweites Mal sagen zu dürfen. Mein Gott, wo ist jetzt die Kamera wieder hin? Gerade jetzt, da wir sie brauchen, um den Vorgang beliebig oft zu wiederholen, daß ein Sprengstoffbrief abgeschickt werden kann, ist die Kamera uns davongefahren. Bitte sammeln Sie alten Sprengstoff und geben Sie ihn in einen Briefumschlag! Der Erlös wird jemandem zugute kommen, der vielleicht noch gar nicht erlöst werden will.

So. Als ob sich nicht das geringste ereignet hätte, erhellt sich bereits wieder der Schirm. Wer hat das Leben dieser Männer an seine Brust gezogen wie einen geliebten Musiker oder Schauspieler, meinetwegen auch eine Katze, einen Hund, und es dann achtlos weggeworfen?

Die Warteschlange wie vorhin, zuerst normal, dann, beim zweiten Mal, am Zeilenende abgebrochen, die Leute springen immer übermütiger in die Höh.

Hier hat nur eine Annahme zu gelten: daß die Juden unter Hitler vergast worden sind. Zuwiderhandelnde kommen in Sachen «Auschwitz-Lüge» vor Gericht. Weil ich kurz nach dem Krieg bei einer großen amerikanischen Nachrichtenagentur gearbeitet habe, verfüge ich hier über gewisse persönliche Erfahrungen. Als damals in einigen Konzentrationslagern Vergasungseinrichtungen gefunden worden sind, deren Existenz auch mit handfesten Beweisen nachgewiesen werden konnte, ist es in den Zeitungen der Welt auch bald zur vereinfachenden journalistischen Manier geworden, pauschal von der «Vergasung» der jüdischen Opfer Hitlers zu schreiben.

Die Schauspieler in der Schlange erhalten jetzt jeder sein Fleischpäckchen zu tragen, die Päckchen sehen zum Teil recht bizarr aus. Die Akteure nehmen nacheinander ihr Päckchen und überziehen es mit einem Häkelbezug.

EINE FRAU *im Handarbeiten*: Na, macht auch nichts. Der Tod ist immerhin der eigentlich inspirierende Genius des Denkens. Seien Sie froh, daß Sie, Herr Stab, ihn bereits in so vielerlei Gestalt kennengelernt haben! Im Krieg, und gleich danach in der Kriegsgefangenschaft, beides, wie immer, im praktischen Doppelpack. Und dann haben Sie sich ein Abonnement gekauft, damit Sie alles, was da in der Folge noch auf Sie zukommt, wenigstens billiger kriegen. Beim Tennis, beim Schwimmen, beim Schwammerlsuchen im Wald. Danke, daß Sie manchmal etwas davon an uns weitergeben! Sie wissen ja, daß jede Tat Gewalttat ist, außer Ihrer eigenen. Daher können Sie auch jeden Tag aufs neue dem Land seine tägliche Nahrung, Fleisch mit Beilage und Salat, plus Nachspeise, zuführen, in der Gewißheit, Ihr Defizit aus unbegrenztem Fragevermögen und engster Begrenztheit uns jederzeit als Antwort zurückgeben zu können. Ja, Sie sind gefragt, Herr Stab! Um ein Verhaltensverhältnis zur unverstehbaren Selbstverständlichkeit Tod herzustellen! Ja, genau darum!

Manche Körper sind einfach zu weich, sie geben jedem Druck nach. Die Äste von Bäumen werden zu Händen. Menschen fliegen empor und werden von ihnen gestreichelt. Dann fallen die Menschen wieder herunter und platzen auf. Geben das Unmaß ihres Seins preis, denn das Sein ist in Wirklichkeit so scheu und selten, daß man sogar Gott immer wieder innerhalb unseres Seins gesucht, aber dort natürlich nie gefunden hat. Er ist vielleicht höher droben. Was, da ist er auch nicht? Dann nehmen Sie sofort dieses Kruzifix ab, wenn er dort gar nicht zu Hause ist. Wie soll man sich denn sonst auskennen? Beschriften Sie wenigstens das Schild, damit man überhaupt weiß, wer dort hängt!

Nein? Sie wollen nicht? Ich glaube, Ihr Problem ist folgendes: Sie begegnen sich immer nur selbst, und zwar nicht einmal persönlich. Sie begegnen immer nur gerade einem Wink von sich selbst.

Wir warens jedenfalls nicht, die Ihnen gewunken haben, obwohl Sie das zu glauben scheinen, Herr Stab. Das Winken heben wir uns für unsere Läufer, Spieler und Springer auf. Sie brauchen unser Winken ja gar nicht, Herr Stab, Sie wissen auch so, wen wir gemeint haben. Sie wissen es, weil Sie unser Vorläufer sind, was man nicht mit einem Vorläufigen verwechseln sollte.

EIN ANDERER KUNDE *ebenfalls mit Behäkeln beschäftigt*: Sie, Herr Stab, haben noch rechtzeitig versucht, diesen innerlich wie äußerlich vollkommen zerrissenen Männern in recht holprigem Deutsch die Anweisung zu geben, was man tun muß, um nicht, so einfach mirnichts dirnichts, vom Nichtigen zum Vernichteten zu werden. Doch da sind diese Männer längst an der Decke des Himmels geklebt. Ich habe einmal gesehen, wie in einem alpinen Luxushotel Butterstücke mit einem selbstgebastelten Katapult zur Decke geschnippt wurden. Die sind aber dort oben klebengeblieben.

Diese toten Männer sind bereits wieder zurück, wie ich sehe. Fein. Sie werden jetzt, wie es Prominenten zusteht, von der Exekutive bewacht. Zu spät Ihre Warnung, zu früh Ihr Schreiben, Herr Stab! Wie haben Sie noch gesagt? Das Werden wird schon werden? Nein, ich hab das Gefühl, das wird heute nichts mehr. Begehen Sie dieses Vergehen nicht, ich bitte Sie, und das andre Vergehen bitte auch nicht! Bleiben Sie einfach sitzen! Es ist ja nicht Ihr Vergehen, Herr Stab. Sie sagen, es betrifft alle Menschen, nicht nur diese vier. Die Opfer sollen sich endlich wieder beruhigen. Der eigene Tod betrifft einen noch früh genug.

Was lese ich da? Es sei der Tod, der uns, immerhin, Anstoß zum Denken gebe. Und so sei der Tod es auch, an dem das Denken immer wieder scheitern müsse. Macht ja nichts. Wir können diese vier Männer in jedem Fall immer wieder, ausgelassen, wie Kinder welke Blätter oder Schnee, in die

Luft werfen. Aber wir fangen sie dann nicht wieder, mit der üblichen mitleidigen doch gleichgültigen Bewegung auf, die jede unserer Bewegungen, bis auf die eine, allerdings die einzige, welche zählt, auszeichnet. Die kommen ohnedies irgendwann einmal wieder runter. Runter kommen sie alle, der Schispringer, der Vogel, das Blatt, das Flugzeug und die Kinder der Müden. Und zwar fallen die aus dem vierten Stock.

Hören Sie, dazu kann ich Ihnen eine komische Geschichte erzählen: Als einer der Beamten aus dem Auto stieg, prallte das erste Kind, der Bub, unmittelbar vor ihm auf dem Boden auf. Das zweite Kind streifte ihn. Der Polizist blieb unverletzt. Der Mutter rettete offenbar das Blechdach des Polizeiautos das Leben – es gab nach, als sie darauf stürzte, während ihre Kinder auf dem harten Asphalt aufprallten. Seien Sie froh, daß Sie eine feste Stellung in einer Zeitung haben, Herr Stab! Sie sehen, der Übergang kann manchmal rapid kommen.

DER FLEISCHER: Jetzt, da die Betschemel brennen, eß ich das Buch! Nein, lieber doch nicht! Ich möchte an dieser Stelle zehn Deka Warmen Leberkäs in einer Semmel von mir verlangen.

Er stopft sich die ganze Zeit etwas in den Mund und kaut, spricht mit vollem Mund.

STIMMEN DURCHEINANDER: Was haben Sie da gesagt? Das kann doch nicht Ihr Ernst sein! Besorgen Sie sich erst mal was Stoffliches! Oder sagen Sie es dem verschmitzten Lehrling dort, er soll es Ihnen besorgen!

EIN ANDERER KUNDE *hat einen Teppich gehäkelt, den er jetzt auf den Boden legt, um sich draufzustellen. Nach einiger Zeit reißt ihm der Fleischer den Teppich unter den Füßen weg, und der Kunde fällt hin:*

Bisweilen steht auf einer Tür: besetzt. Aber nach kurzer Zeit ist sie dann doch wieder offen. Das ist aber schon das Schlimmste, was mir passieren kann! Stürmisch drängt das Publikum hinter mir in dieses winzige Zimmer, eigentlich eine Garage, die sich luftdicht gegen die Luft von außen,

aber auch gegen das Gas von innen abschließen läßt, und die uns alle miteinander ja gar nicht aufzunehmen vermag. Das ist schlecht. Es gehen nun einmal nicht alle auf einmal hinein! So drängen Sie doch nicht so! Es kommt ja gleich das nächste Zimmer, allerdings ist das noch kleiner. Es ist so klein wie ein Fernsehgerät. Geduld bitte! Die Zeit kann ich mir nicht auslegen, aber wenigstens diesen Raum kann ich mir mit meiner Auslegware auslegen. Ich habe mir eigens einen strapazfähigen Raum ausgesucht, denn der wird einiges aushalten müssen. Dieser Läufer ist noch das geringste Gewicht, das er wird tragen müssen.
Werte Tote, ja, reden wir heute einmal vom Tod, das ist heute unser Thema. Ab sofort können Sie wieder bei uns im Studio anrufen. Es gab auf die Tafel, obwohl ihr Inhalt ein für Ihre Sippschaft prinzipiell abweisender gewesen ist, einen gewissen Andrang, von vier Personen, und auch noch von allen auf einmal! Wieso ist denn dann der Fremdenstrom bei uns so zurückgegangen? Da müssen wir doch glatt auf die Fremdesten unter uns zurückgreifen. Ja, Sie, liebe Tote, waren die Adressaten und wurden gleichzeitig abgeschickt, gerade noch rechtzeitig. Die Ewigkeit stellt immer ein, zwei Wagen für Zufallsgäste zur Verfügung, die im letzten Moment daherkommen und noch gar nicht dran gewesen wären. Ich stelle mir vor: Vier Personen versuchen gleichzeitig, diese Tafel aus dem Boden zu reißen, das kann ja nicht gut ausgehn. Oder haben Sie nicht lesen können, was drauf gestanden ist? Wenns nur einer probiert hätte, wär auch nur einer von Ihnen dran gewesen.
Liebe Zuschauer, gehen Sie doch beiseite! Wir wollen auch noch hinein! Wir haben uns eine Eintrittskarte für die Besichtigung dieser Toten gekauft. Bitte nicht drängen, es hat gar keinen Zweck, wenn Sie drängen! Nur oben ist noch ein gewisser Platz frei. Bis in die letzte Ecke sind wir besetzt, so sprechen wir in der angemaßten Rolle von ein paar Millionen Schaffnern, Buschauffeuren, Gas-, Strom- und Wasserablesern zu diesen vier Männern, doch

zu spät! Sie haben sich schon vorgedrängt und müssen daher jetzt unsere Verantwortung auch noch tragen. Zu blöd. Wir hätten einen Kofferkuli dafür gehabt. Warum haben die nicht warten können?
So, dieses Problem wäre also gelöst. Nur der Gedenkstein für Ihre Verfolgung muß nun für die nächsten tausend Jahre von uns überwacht werden, meine Herren Tote.
Wer waren Sie überhaupt? Wir werden nie mehr wissen, was Sie waren, denn wir können Sie, sogar nach Ihrem Tod noch, nur als eine Gruppe von vier Männern wahrnehmen, in Ihren von Leichentüchern verhüllten Gestalten, in die wir den Stachel unserer Geschichtlichkeit hineingebohrt haben. Zum Beweis, daß unser Gift völlig ungiftig und biologisch abbaubar gewesen wäre. Besetzt, sagt der Schaffner. Wir sind komplett. Wir bleiben in diesem Boden. Bitte niemand mehr zusteigen!

EINE WARTENDE *zieht aus ihrem Häkelbeutel ein etwas mißratenes Tierkostüm und zieht es sich mühsam an, spricht dabei*:
Warum können Sie das nicht menschlicher sehen? Oder es zumindest menschlicher sagen, sodaß wir es alle verstehen können? Warum sagen Sie beispielsweise nichts über die wunderschöne Messe, die von unserem Herrn Bischof und ein paar weiteren Bischöfen, jenen promovierten Lieblingsgeschöpfen Gottes, persönlich zelebriert wurde, in Anwesenheit hoher und höchster weltlicher Würdenträger? Es war ursuper! Einfach gemütlich! Die Verfolgung war sogar auf dem Bildschirm zu verfolgen. Ihre Sünden wurden den Toten total und restlos vergeben. Ja, sie bekamen sogar noch ein paar Sünden zusätzlich drauf! Sünden raus! Mit der Arielette, dem Luftfahrzeug, wurden sie fortgebracht, die Sünden. Und auf einem Brett, über das ein kürzeres im rechten Winkel recht originell und handwerklich nicht ungeschickt angenagelt war, machte einer unserer ältesten und beliebtesten Profisportler seine einsamen Übungen, obwohl auch er diesmal nur als Vor-Läufer, letztlich wie die meisten von uns, also außer Konkurrenz,

gestartet war. Würden Sie bitte mit der Kamera einen Augenblick draufhalten! Herrgottsakra!
Zefixsacklzement! Wie der da hängt, daß der das aushält! Nicht zu glauben! Bitte, Sie können Ihre Hand ruhig auf seinen Lendenschurz legen. Ist das ein Schweißband, nein, das andre, das mit den Stacheln drauf, oder ist das ein Tuch oder was?, nein, nicht dort, auf dem Kopf, sehen Sies denn nicht?
Also im Ernst, ich lese vor: Dies alles geschah natürlich nicht, damit nichts erreicht werde, denn die Strecke ins Nichts hatten die vier toten Männer schließlich jeweils mit individueller Bestzeit bereits geschafft, sondern umgekehrt, damit sich ihre und unsere Offenheit dem Äußersten öffne, und das Äußerste, dem sich diese Männern öffnen können, sind immer noch: unsere Kameras, die Kameras des ORF und vieler anderer Absende-Endstationen, die auf diese Toten gerichtet wurden! Heller als unsere blauen Augen, mit denen wir wieder einmal davongekommen sein werden.
Und zwar sind diese Kameras, in einem abwechslungsreichen Muster, einmal auf die Särge gerichtet und dann wieder auf besagten Vor-äh, Voraus-Läufer auf seinem neuesten Snowboard, das müssen Sie überhaupt einmal ausprobiert haben: ein Schneebrett, mit dem man sowohl hinunter, als auch gleichzeitig nach rechts oder links, oder sogar hinauf! fahren kann, denn es hat ein zweites Brett quer an sich angebracht. Klar, daß Sie sich schon drauf festnageln lassen müssen, wenn Sie nicht gleich wieder runterfliegen wollen!

EINE KUNDIN *holt aus ihrer Häkeltasche Geld und legt es auf die Theke. Im Gehen*:
Die Welt des Glücklichen ist eine andere als die des Unglücklichen. Wie auch beim Tod die Welt sich ja nicht ändert, sondern aufhört. Der Tod ist kein Ereignis des Lebens. Den Tod erlebt man nicht. Das sollte Ihnen eigentlich ein gewisser Trost sein, werte Herren Tote, ich sags Ihnen ja nur, weil Sie jetzt gar so mühevoll kämpfen in Ihren Häuschen, auf die es in dicken warmen Flocken schneit.

Die Erde ist durchweicht. Ihre Mörder hätten in Ihrem Blut ja förmlich waten können, Herr Horvath, Herr Horvath, Herr Sarközi, Herr Simon!
Was, Sie wollen eigentlich lieber vergessen werden, Herren Verstorbene? Bitte, suchen wir halt weiter nach einem weißen VW-Golf der Zweierserie mit dunklen Zierstreifen der Firma Burg und einem Kennzeichen vom Bezirk Hartberg, Steiermark! Doch davon gibts Tausende! Hier wird keiner gefunden, der nicht gefunden werden will! Hier wird jeder gefunden, der ohnehin schon da ist. Sie wußten ja bereits zu Lebzeiten: bei Ihnen, liebe Herren Tote, würde man zu allererst nachschauen kommen, ob Sie die Knochen Ihrer Väter und Brüder vielleicht in die eigenen Taschen gesteckt haben. Das ist ja angeblich so Brauch bei Ihnen, daß Sie alles einstecken, ich meine, daß Sie, wie unter einem Zwang, von uns alles einstecken müssen!
Jetzt sind Ihre Knochen schlußendlich doch noch geweiht worden, spät aber doch. Ja, es sind gesegnete Knochen, wer hätte das gedacht, oh Herr ich bin nicht würdig, daß ich eingehe unter Deinem Dach! Neinnein. Ihre Knochen dürfen Sie nicht einfach irgendwohin schmeißen! Meine lieben Toten, wie schaut denn das aus! Dort drüben ist ein Eimer. Knochen gehören nicht in die Biotonne, weil man sich dran schneiden und infizieren kann. Gleich hinter diesem Zaun dort fängt Asien an. Dort finden Sie noch viel mehr Krankheiten.

EIN KUNDE *vertraulich*: Wir hier auf unserer Seite sind ein so einzigartiger Menschenschlag, daß wir schon wieder befremdlich sind. Wir schlägern Menschen, damit unser Wald mehr Luft bekommt. Unser Trennmüll kennt persönlich bis zu drei verschiedene Mistkübel.
Liebe herrenlose Tote! Wir haben Ihnen doch den Herrn gezeigt, warum haben Sie ihn denn nicht genommen, solang noch Zeit war? Jetzt wird durchgegriffen. Wer an der Grenze kämpft, ist immer allein. Sie, meine lieben Toten, stehen jetzt unter unserem Schutz, und zwar ausschließlich zu Ihrer eigenen Sicherheit. Wir stehen auf Leichen, und

jetzt sind halt noch vier dazugekommen, damit wir nicht aus der Übung kommen. Na, wie stehen wir da? Wo kommen wir denn da hin, kommen wir auf ein Massengrab oder was? Unser Leben ist ebenso endlos, wie unser Gesichtsfeld an diesem Ort, an dem wir uns befinden, irgendwie grenzenlos ist. Ab hier: Asiens grenzenlose Weite. Links gehts zu den Alpen. Unser Besitz des Wahren steht außer Frage, was soll da noch die Frage nach der Wahrheit? Die Jahre gehen dahin. Jeder schweigt von etwas anderem.

DER FLEISCHER *beipflichtend*: Fahlstimmig, aus der Tiefe geschunden: kein Wort, kein Ding, und beider einziger Name fallgerecht in dir, fluggerecht in dir, wunder Gewinn einer Welt. Mir macht das nichts aus. Darfs ein bisserl mehr sein?

EIN ANDERER KUNDE *zu einem weiteren: Sie nähen sich aneinander fest*:

Also das wäre nun wirklich nicht nötig gewesen! Daß Sie uns hier einen befremdlichen Sachverhalt mit so befremdlichen Worten darlegen. Ich erinnere mich an dieser Stelle lieber der Firma Revue-Augenoptik, als sie sich bereit erklärte, mir jungem Mann, der ich in der U-Bahn bestohlen worden bin, gratis eine neue Brille anzufertigen. Freilich stellte sich dann heraus, daß ich ohnedies bei dieser Firma die Brille bestellt hatte. Zwei Damen und drei Herren begrüßten mich in der Filiale am Graben, Ecke Kärtnerstraße, herzlich und überreichten mir die Augengläser als Geschenk. Jene Geschäftsfrau aber, die bereit gewesen wäre, mir eine Brille zu bezahlen, wird mir jungem Mann jetzt eine Geldbörse – eine solche wurde mir ja auch gestohlen – schenken. Ein Taschengeld kommt natürlich auch hinein. Danke!

Zum Fleischer:

Wiegen Sie mir noch etwas Luft hinein, ebenfalls Danke! Nein, nicht so viel, nur so viel, wie ich für meinen letzten Atemzug brauche. Der Rest kommt aufs Luft-Sparkonto. Damit kauf ich mir dann einen neuen Gelände-Wagen.

KUNDIN: Wir sind beschenkt und überzogen von Ihnen,

meine Herren Opfer! Und es darf auch ruhig ein bisserl mehr sein! Ein ganzes Geschlecht ist inzwischen hier verwest, jawohl, und jetzt sind sogar noch vier Neue hinzugekommen, und doch: man riecht nichts. Keine Angst, dieser Ort spielt nur! Marsch, in die letzte Bank mit euch! Wir singen nach einer frei gewählten Duftnote: Das muß vom Weichspülstein kommen, den wir mit hineingepackt haben, damits nicht so stinkt. Es ist, als wären Kinder einfach nur in ihren Schlaf hineingestopft worden, so friedlich liegen Sie da, werte Tote! Auf dem Friedhof werden Sie dann für ein paar Minuten mit festlicher und vollkommen hohler, gereinigter Luft beschenkt werden. Werte Tote: Jetzt gehts hinunter mit Ihnen und aus! Vor dem Mangel und dem Mißgeschick ekelt uns. Rubbel dich reich, jetzt gleich! Sie gehören dort hinunter, liebe Tote, machen Sie sichs nur gemütlich! Recht so! Dazu schöne Musik, Zigeunergeigen. Schluchz! Unsere einzigen Erfolge sind die Treffer, die wir beim Rubbelspiel verzeichnen. Ist das Papier einmal verwundet, so kommt unsere verblendete Verlorenheit hervor, die uns so lang vorgegaukelt hat, es gäbe uns bereits wieder. Irrtum! Es gibt uns nicht, weil es jetzt auch Sie nicht mehr gibt, liebe Herren Tote! Trotzdem, oder gerade deswegen?, dürfen wir uns immer noch einfach alles erlauben!

Der Fleischer häkelt still Fleisch zusammen. Zwei seiner Kunden stellen sich rechts und links auf und ziehen aus ihren Häkelbeuteln je eine gehäkelte Mütze mit drangehäkelten Ohren hervor. Der eine spricht den Text wie er hier steht, der andere fängt von hinten an und spricht den Text gleichzeitig nach vorn bis zum Anfang. Vorher vielleicht den Text einmal normal durch! Sie sollen übertrieben dabei deklamieren, wie ein altmodischer Gedichtaufsager, nur sind, da sie ja quasi gegeneinandersprechen, die Betonungen an verschiedenen Stellen:

DER ZWEITE KUNDE: Seither haben so manche Fachleute nachweisen können, daß das Töten so vieler Menschen mit Gas rein technisch eine Unmöglichkeit gewesen wäre. Und für manche alten Nazis pfui war es von da nur ein kleiner Schritt zu der unsinnigen Behauptung, daß die Nazis doch überhaupt keine Juden umgebracht hätten pfui pfui pfui. Die Wahrheit ist wohl einfach. Nur verhältnismäßig wenige jüdische Opfer sind vergast worden. Die anderen sind verhungert oder erschlagen worden; durch Fleckfieber, Ruhr und Typhus umgekommen, weil man ihnen ärztliche Hilfe verweigert hat; erfroren oder an Entkräftung gestorben. Danke für diese ausführliche schriftliche Stellungnahme, Herr Stab!

Der eine mit Häkelgarn bereits an den anderen gefesselte Kunde beginnt am ersten zu zerren, sie fallen sich gegenseitig ins Wort.

DER ERSTE KUNDE: Ich habe aber vor vielen Jahren, und zwar genau hier, wo ich jetzt stehe, selber gesehen, wie etwas durch den Schornstein in eine Art Garage oder Scheune hineingeworfen wurde. Es hat nach gar nichts gerochen, das war so eine Art Patrone oder eine Tablette, ich hab nicht gesehen was das war. Stellen Sie sich vor, Sie ergreifen mit einer Zuckerzange etwas, das gar nichts ist, und werfen es in Ihren Kaffee. Und der wird sofort zügellos süß. Sie wissen nicht wieso. Wie die das hineingeworfen haben, habe ich gewußt, daß dort drinnen mein Bruder gestorben ist.

DER ZWEITE: Sie kleiner Nichtigern Sie! Sie kleines Möchtegarn!

Er zerrt an ihm, als er sich nicht lösen kann, holt er eine Häkelmütze, die das ganze Gesicht bedeckt, aus seiner Tasche und stülpt es dem anderen über den Kopf, bis zum Hals hinunter. Dann zieht er ein rosa Babyhauben-Band um den Hals zu, der andere wehrt sich, ächzt, ringt nach Luft, strampelt, wird erwürgt.

Ich persönlich denke, der Tod ist das Maß alles Wirklichen. Das heißt, es war vernünftig, so viele Leute umzubringen, und zwar gleich so maßlos viele, und jetzt kommen sogar noch vier zu den anderen dazu. Die haben wir auch noch erwischt. Wir kämpfen noch mit unserer Linie. Das wäre aber wirklich nicht nötig gewesen! Ja, danke, ich nehme vielleicht noch einen Toten! Das Gebräu ist etwas stark! Darf ich Ihnen noch einen Toten anbieten? Ich muß auf meine Linie achten, aber, danke, einen nehme ich noch! Ausnahmsweise. Einen können Sie mir noch geben! Ausnahmsweise. Einer geht noch runter! Aber einmal muß Schluß sein! Diesmal gewinnen wir! Diesmal gewinnen aber wirklich wir! Einmal müssen wir ja gewinnen. Das Gras können wir schon mal aussähen, damit es anfangen kann, drüber zu wachsen.

EIN ANDERER *der wie wild in ein Häkelstück beißt und daran würgt*:

Mein Name ist Univ. Prof. Dr. H. Ohne Verwunderung und Bestürzung lese ich hier meine beispiellose Erfolgsstory. Allerdings habe ich einige Kritikpunkte anzubringen: Die Landwirtschaft ist jetzt eine motorisierte Nahrungsmittelindustrie, im wesentlichen ist sie dasselbe wie die Fabrikation von Leichen in den Gaskammern, dasselbe wie die Blockierung und das Aushungern der Landschaft, dasselbe wie die Erzeugung der Wasserstoffbomben.

EIN ANDERER *ebenso*: Dasselbe wie die Überdüngung der Meere und die Verseuchung der Flüsse, Herr Prof. H.?

Bekommt einen Erstickungsanfall, versucht weiterzusprechen, kann aber nicht, winkt kraftlos dem nächsten zu, für ihn weiterzumachen:

EIN ANDERER *im ruhigen Landschafts-Dahinhäkeln*: Nämlich diejenigen, die sich auf rechte Art mit dem Denken befassen, könnten wohl, ohne daß es allerdings die anderen merken, nach gar nichts anderem streben als nur zu sterben und tot zu sein. Es wäre für mich nicht weiter verwunderlich, wenn sie sich ihr ganzes Leben hindurch um nichts anderes bemühten als um das. Und wenn sie zu diesem Zweck andere, die deswegen beinahe so entsetzt sind wie die Flammen selber, aus ihren brennenden Häusern herausjagen müßten. Und zwar bevor die Fliehenden, welche zu dieser Zeit im Bett gelegen sein werden, sich noch die Schuhe zubinden können. Wehe dem Fliehenden, in die Welt hinaus Ziehenden!

So, meine Herren, jetzt machen wir aber Tote aus Ihnen! Jetzt machen wir Nägel mit Totenköpfen! Dieses Brett hier ist bereits mit Ihren Leichenfingernägeln beschlagen. Nach dem Explosionsknall sah eine Frau einen Lichtschein im Wald. Ein Lokalaugenschein ergab, daß es sich dabei um Auto- oder Handscheinwerfer gehandelt haben muß.

Er holt sich eine Häkelwurst. Der Fleischer umhäkelt Würste, bzw. er stülpt Würsten, die an der Decke hängen, Häkelmäntel über.

EINE KUNDIN *reißt ihr Häkelpaket auf und schlingt etwas daraus in sich hinein, im Kauen:*

Zu zweien schwimmen die Toten, zu zweien, umflossen von Wein. Im Wein, den sie über dich gossen, schwimmen die Toten zu zwein. Sie flochten ihr Haar sich zu Matten, sie wohnen einander bei. Du wirf deinen Würfel noch einmal und tauch in ein Auge der Zwei.

Die folgenden Sätze zuerst normal, dann wieder, wie vorhin, von zwei Schauspielern gesprochen, die vorn, links und rechts, stehen. Einer fängt von vorn an, der andre von hinten. Bitte schön, aber ohne Sinn, deklamieren!:

In den KZs der Nazis und den Kriegsgefangenenlagern der Russen ist es laut Aussagen von Überlebenden beider Gruppen verzweifelt ähnlich zugegangen. Nachdem ich am 28. Juni 1944 – am selben Tag wie der Nobelpreisträger Konrad Lorenz übrigens – in Gefangenschaft geraten war, mußte ich im darauffolgenden Winter erleben, daß im Lager Tambow von etwa 7000 Gefangenen mehr als 2000 verhungert oder an Seuchen gestorben sind. Warum also hätten sich die Nazis bei der Ausrottung der jüdischen Häftlinge die Komplikation antun sollen, alle Juden zu vergasen – wenn es doch so leicht war, sie auf andere, einfachere Weise umzubringen! Danke, Herr Stab, daß Sie das endlich der Vergessenheit entrissen haben!

Eine Kundin hat sich im Häkelgarn irgendwie versponnen und beginnt, an den Fäden zu zerren, sie gerät immer mehr in Panik. Eine als vollständig rosa umhäkelter Osterhase verkleidete Schauspielerin hilft anmutig der wild um sich schlagenden Frau, sich zu befreien.

DIE BUNNY-FRAU *in neckischen Posen*: Liebe Verstorbene: Den Tod können wir nicht anders thematisieren als von außen. Die Innenseite bleibt verschlossen wie das Grab. Durch das Denken kann eine Besinnung auf den Tod in seiner wirklichen Bedeutung als Erfahrung gar nicht geleistet werden. Denn haben wir ihn erfahren, ist er auch schon fort und wir sinds mit ihm.

Späht übertrieben ängstlich, die Augen beschattend, um sich herum, schaudert übertrieben, wie in einem Stummfilm.

Kein Urlaub wäre ein Spaß, wenn man nachher nicht von ihm erzählen könnte. Der Gestorbene kann mit seinen Sinnen nicht fassen, was ihm da geschieht. Der Tod ist der Unsinn selbst. Der reinste Unsinn.

DER FLEISCHER: Niemandes Stimme, wieder. Das Lid steht nicht im Wege, die Wimper zählt nicht, was eintritt. Hol dir die Bilder! Zwei für eins! Geh zum Niedermeyer!, ja, die Träne, halb, die schärfere Linse, beweglich, holt dir die Bilder lügt dir die Bilder in die Tasche!

Er versucht, sich an der Bunnyfrau festzunähen, die läßt es aber nicht zu:

Ich hingegen glaube, daß das Denken uns die Innenseite des Todes betrachten läßt. Auf diese Weise läßt sich seine selbstverständliche Gewißheit dann wieder problematisieren. Ich gehe sogar noch weiter und behaupte: die Millionen plus jenen vier Stück, eine Lappalie, eine Bagatelle, also die vier, wir können sie getrost vernachlässigen, die zählen nun wirklich nicht, sind überhaupt nicht tot! Wo anders gibts noch viel mehr Tote zu bestaunen! In Amerika zum Beispiel gibt es naturgemäß noch viel mehr Lebende und viel mehr Tote als hier.

KUNDE: Machen wir es so: Wir gestehen der Vernunft einfach nicht mehr das Fragen als Verständigungsgrundlage zu. Zweite Stufe: Wir staunen nicht mehr über das Selbstverständliche, und schon sind sie alle wieder da, Opa und

Oma, die beiden Herren Horvath, Herr Sarközi und Herr Simon, aber auch so viele vollkommen Fremde! Sie sind vergessen und trotzdem kommen sie da einfach mit daher, obwohl wir sie gar nicht eingeladen haben. Wir brauchen unsre Betten für andre Fremde! Nein, das sind nicht die richtigen Fremden, wieso kommen denn nicht endlich die Richtigen? Die sind uns nicht fremd genug. Wir wollen Fremdere als die! Wir haben ja gar nicht genügend Tassen und Bestecke für die im Schrank!

DIE BUNNYFRAU: Was müssen wir uns überhaupt mit dem Denken abmühen, bloß um in etwas hineinzukommen, in dem wir längst schon drinnen sind? Wenn ich nicht mehr weiterkann, zünd ich mir ein Lichtlein an.

EINE FRAU *die sich, erfolgreicher als der Fleischer, an ihr festgenäht hat*:

Es ist Erde in ihnen, und sie gruben. Sie gruben und gruben, so ging ihr Tag dahin, ihre Nacht. Sie gruben. Ich grabe, du gräbst, und es gräbt auch der Wurm, und das Singende dort sagt: Sie graben! O einer, o keiner, o niemand, o du: Wohin gings, daßs nirgendhin ging? O du gräbst und ich grab, und ich grab mich dir zu, und am Finger erwacht uns der Ring.

Das folgende, während die beiden Schauspieler verschiedenen Fleischwaren die Hüllen, die sie gerade häkeln, sorgfältig anpassen, als wären die Würste Menschen oder Tiere, die ein Deckerl kriegen sollen, abwechselnd.

ZWEI MÄNNER *abwechselnd*: Die dritte Generation überlebender Juden mag die Märtyrer-Sage der so

Ein Kinderchor singt aus dem off nur das eine Wort: barbarisch! barbarisch! barbarisch!

vergasten Opfer Hitlers auf ähnliche Weise brauchen, wie die Christen seit 2000 Jahren das Andenken an den –

Kinderchor wie oben (off!) die drei Wörter: wohl noch barbarischeren wohl noch barbarischeren wohl noch barbarischeren etc.

Kreuzigungstod Jesu Christi pflegen. Nüchterne Tatsache ist aber wohl, daß die Nazis die große Mehrheit ihrer jüdischen Gefangenen auf andere Weise umgebracht haben. Gewiß um kein Haar weniger

Kinderchor wie oben, in den höchsten Tönen jubilierend: barbarisch! barbarisch! barbarisch! *etc.*

Stimme aus den off: Sie hörten die Wiener Sängerknaben.

DER FLEISCHER *seine Häkelarbeit tuend, auch sein Beil ist ummantelt, im Stil eines Festredners*: Lieber Herr Horvath, lieber Herr Horvath, lieber Herr Sarközi, lieber Herr Simon, jetzt wirds ernst! Begeben Sie sich zum Abflugschalter! Ich persönlich glaube ja überhaupt, daß der Tod als Ereignis jenseits jeder Handlung steht und als pures Widerfahrnis nicht mehr Akt des Lebens ist. Wie können wir den Tod verstehen? Na, Sie verstehen ihn jetzt vielleicht, meine Herren Verstorbenen!, aber ich, der ich einmal beinahe unterschätzt worden wäre, aber später nie wieder, versteh den Tod, den ich da herstelle, immer noch nicht. Die bloße Masse machts in Ihren Fall nicht! Sie sind ja nur vier Personen, was ist das schon! Für Sie finde ich jederzeit Fensterplätze! Oder wollen Sie lieber beim Gang sitzen, damit es sich vielleicht doch noch ausgeht, daß Sie rauskommen?

KUNDE *eifrig*: Ich persönlich stelle mir beim Wort Tod einen Wanderer vor, der immer der Kühle nachgeht, die ihm von irgendwoher entgegenströmt. Seine dunkle Gestalt verliert sich im Wald, endlich allein! Doch plötzlich ist da ein Zimmer mit Hunderten andren, und das Reisebüro ist inzwischen in Konkurs gegangen. Der Tourist tritt zermürbt die Heimreise an. Jetzt wagt er nicht einmal mehr, aus dem Zug, der ihn nach Hause bringen soll, rechtzeitig auszusteigen. So muß er bis zum Ende mitfahren. Plötzlich hängen sich etliche seiner Reisekameraden an sein Gepäck, weil sie mit ihm hinauskommen möchten. Sie trauen sich nicht. Unser Wanderer jedoch fürchtet, daß man ihm seine Koffer stehlen will, und tritt wie wild um sich.

DER FLEISCHER: Hier stock ich eine Zeitlang und bitte um Geduld. Sie, liebe Tote, haben ähnliche Erfahrungen auch mit Ihrem Reisebüro gemacht, wie ich erfahren habe. Sie

sind zeitig in der Früh entwest worden, eigentlich wars noch finstre Nacht. Eigentlich wars sogar noch vor Mitternacht. Danke, Herr Regisseur, daß Sie mich rechtzeitig darauf aufmerksam gemacht haben.
Ihre sogenannte Dorfwacht, also Sie, Herr Horvath und Sie Herr Horvath, außerdem der Herr Sarközi und der Herr Simon, leider können Sie heute nicht zu uns auf die Bühne kommen, brachen auf, um einmal nachzuschauen, weil Sie ja durch fremde herumstreifende Autos in den letzten Tagen und Wochen beunruhigt worden waren.
Aber für einen ordentlichen Personenschutz haben Sie halt nicht genügend Personen zusammengebracht, stimmts, meine Herren Tote? Tut mir wirklich leid für Sie. Damit müssen Sie sich abfinden. Ungeborene sind Sie, werte Verstorbene, schließlich auch wieder nicht, die ohne jede Bedingung geschützt zu werden von uns erwarten dürfen. Bitte, das Wort Tod können wir jetzt verstehen, aber nicht den Tod selbst. Tod: Wir müssen uns diesem Wort von rückwärts anpirschen, uns dann auf seinen Rükken schwingen. Schwere Verletzungen können Sie sich natürlich auch per Post zustellen lassen. Das schlägt ein! Man kann Rede verstehen, und man kann Verhalten verstehen.
Bitte, ich zum Beispiel kann Ihr Verhalten nicht ganz verstehen, Frau Autorin, Sie doppeltkohlensaure Gletscherspalte, daß Sie mir dauernd sagen, ich sei an etwas schuld, das ich persönlich überhaupt nur vom Hörensagen kenne. Wie sagt der Dichter? Für eine ordentliche Ehrenbeleidigungsklage müßte es erst mal genügend Ehre in diesem Land überhaupt geben! Soviel Ehre wie ich schon verloren habe, hätte es ja gar nicht zu kaufen gegeben. Meine Ehre heißt jedenfalls Treue. Wie Sie Ihre nennen ist mir wurscht. Da misch ich mich nicht ein. Meine Ehre hab ich mir selbst gemacht! Ich mußte Kurse dafür besuchen. Ist aber doch ganz gut geworden, oder? *Zeigt ein selbstgemachtes Häkeldeckerl.* Aber bitteschön, wie Sie wollen, wir leben ja im Jahrhundert der Sippen- und der Klettbandhaftung. Was?

Ihnen ist Ihr Tod erst vor ein paar Monaten passiert, Herr Sarközi oder sind Sie der Herr Simon, oder einer der beiden Herren Horvath, die ich dauernd miteinander verwechsle, entschuldigen Sie? Sie brauchen mir nicht andauernd mit Ihrer Gerte gegen meine Beine zu schlagen, ich erinnere mich deswegen noch lang nicht.

Eine andre aus der Schlange kommt und zupft den Fleischer am Ärmel.

FRAU: Knochen-Hebräisch, zu Sperma zermahlen, rann durch die Sanduhr, die wir durchschwammen: Was wollte ich jetzt sagen? Sie können sich wieder beruhigen, liebe Tote! Es hat keinen Sinn, wenn Sie von uns eine solche Fülle an Sorgfalt einfordern! Einmal muß eben Schluß sein. Der Tod als Ereignis ist keine Handlung, wie ich schon sagte. Ich meine also: auf die Menge, in Ihrem Fall bloß lumpige vier Stück, kommt es nicht an, da man ja schon den Tod des einzelnen nicht begreifen kann.

Noch ist Ihr Tod behütet wie das Auge vom Lid, das es beschützt, meine Herren Verstorbenen. Stimmts, Herr Sarközi? Herren Horvath? Wie, Herr Simon? Kein Einspruch? Haben Sie die Augen noch selber zumachen können oder nicht? Seien Sie froh, daß Sie nicht bis zur Unkenntlichkeit zerfetzt worden sind, meine werten Herren Opfer! Immerhin konnte man Sie noch auseinanderhalten. Da haben Sie aber Glück gehabt. Neulich sind uns ein paar Damen halbverbrannt aus dem Fenster gehupft. Vor irgendwas sind sie davon, vor einer Möglichkeit, die wir ihnen nicht vorenthalten wollten. Was sagen Sie? Was fehlt dem Kind? Ach so, das Kind fehlt selber! Es fehlen hier sogar ein paar Stück Kinder. Weil Sie sie einfach aus dem Fenster geworfen haben! Das hätten Sie mir wirklich vorher sagen können!

Der Sinn der deutschen Heldensage ist, einen dermaßen großen Eifer zu entwickeln, daß man schließlich zuviel aus sich herausschlagen will. Und findet man dort nichts, keinen Siegfried, nicht einmal einen Siegfriedkopf, nun, so wirft man eben alles andere hinaus. Was eben da ist. Soviel

Sinn! Soviel heiße Luft! Notfalls schlägt man, was man haben möchte, halt aus einem anderen heraus.

DER FLEISCHER: Mit euch vier Hanseln kommt man noch nicht auf ein Massengrab! Die Nacht ist still, und da hört man alles viel weiter. Ein Knall. Einmal muß Schluß sein. Raus! Zurück nach Indien! Wo wollen Sie hin? Sofort zurück nach Indien!

Weist zur Tür, ein vollkommen umhäkelter Inline-Skater, in seiner typischen Kleidung, aber eben alles gehäkelt, kommt herein, sogar sein Rucksack ist an ihn angehäkelt, eine Menschenlandschaft.

EIN ANDERER KUNDE: Mir wird nichts mangeln. Der Herr ist mein Hirte. Nein, natürlich nicht dieser Herr hier! *Zeigt auf den Fleischer.* Der wars nicht, der mich gestern in die Mangel genommen hat. Der dort drüben wars! Oh, ich sehe, der wars zwar, aber er hat gestern ganz anders ausgeschaut. Egal. Die Ewigkeit hält sich zum Glück noch in Grenzen: leicht, in ihren gewaltigen Meß-Tentakeln, bedachtsam, rotiert die von Fingernägeln durchleuchtbare Blutzucker-Erbse. Es ist kein Raum da, den sie erhellt.

DER INLINE-SKATER: Das habe ich mir auch schon oft gedacht! Immer folgt mir, bin ich unterwegs, egal wohin, die dunkle Gestalt einer weichen, doch amorphen Kühle. Als ob ich ständig durch einen Tunnel fahren würde. Und hinter mir ist alles verschwunden, wie ausradiert.

Trösten Sie sich, liebe Tote! Auch ich fahre mir gewissermaßen dauernd selbst davon! Ähnlich der Tod: Wir lernen, uns mit etwas zu identifizieren, das außer uns steht. Einmal muß Schluß sein.

ZWEI JUNGE KUNDINNEN *die aneinandergehäkelt sind, mit besonders glockenhellen hohen Stimmen, gellend*:

Rasch – Verzweiflungen, ihr Töpfer! – rasch gab die Stunde den Lehm her, rasch war die Träne gewonnen –: noch einmal, mit bläulicher Rispe, umstand es uns, dieses Heute. Ihr meine mit mir verkrüppelnden Worte, ihr meine geraden. Wo.

Der Fleischer *kommt hinter seiner Theke hervor und schneidet mit seinem Beil die beiden wieder auseinander. Er schneidet ihnen die gehäkelten Gesichtsteile wieder herunter, schneidet aber auch ins Fleisch, sodaß über die Haut unter dem Gehäkelten Blutrinnsale laufen*:
Die Lage, in welcher diese Handlung der Bewirkung des Gnadentods vorgenommen wird, muß aber genau präzisiert werden: Dem innerlich Kranken oder dem Verwundeten steht der Tod von der Krankheit oder der Wunde, die ihn quält, sicher und zwar alsbald bevor, sodaß der Zeitunterschied zwischen dem infolge der Krankheit vorauszusehenden und dem durch das unterschobene Mittel verursachten Tode nicht in Betracht fällt. Von einer spürbaren Verringerung der Lebenszeit der Verstorbenen kann dann überhaupt nicht oder höchstens nur von einem beschränkten Pedanten gesprochen werden. Wir sprechen hier von einer bloßen Verkürzung. Einmal muß Schluß sein, meine lieben Verstorbenen! Wir haben auch Feuer im Angebot. Wählen Sie unter fünf verschiedenen Brandbeschleunigern!

Drei andere Kundinnen *haben sich inzwischen zusammengenäht. Jetzt versuchen sie im verzweifelten Ringkampf, voneinander wieder loszukommen. Den folgenden Text sprechen sie, atemlos, abwechselnd*:
Winkewinke ins Spital. Wir, Sabine, Andrea und Ingrid sind drei gute Freundinnen aus Graz. Unsere vierte Freundin liegt derzeit schwerkrank im Spital. Im Krankenzimmer hat unsere Freundin einen Fernsehapparat. Und als in Haus im Ennstal ein Damenschirennen stattfand, hatte sie das Gerät eingeschaltet. Durch Zufall kamen bei einer Einblendung der Lebensgefährte der Patientin und ihre Tochter ins Bild. Die zwei hatten bemerkt, daß die Kamera auf sie gerichtet war, sie wußten, daß die Kranke im Spital die Übertragung anschaut, also winkten sie. Unsere Freundin hat sich darüber so gefreut, daß sie unbedingt eine Videoaufzeichnung von der Sendung haben wollte. Aber keine von uns hat eine Aufzeichnung gemacht. So schrieben wir

drei an den ORF. Wir berichteten von dem Wunsch der Kranken und baten um eine Videokassette von der Veranstaltung im Ennstal. Ich, Sabine, wurde daraufhin vom ORF angerufen. Hannes Trnka von der Sportredaktion erklärte mir, daß so eine Kassette normalerweise 1500 Schilling koste, aber in diesem besonderen Fall natürlich gratis sei. Dann kam die Videoaufzeichnung. Sie war aus Haus im Ennstal vom 8. Jänner. Das Winkewinke hatte aber am Siebenten stattgefunden! Noch ein Brief an den ORF, wieder ein Anruf vom Herrn Trnka, und die zweite Kassette kam, abermals kostenlos. Unsere kranke Freundin hat sich sehr gefreut. Kranke sind für Menschlichkeit sehr empfänglich! Aber einmal muß Schluß sein.

DER FLEISCHER: Mich hält hier nichts. Nicht die Nacht der Lebendigen, nicht die Nacht der Unbändigen, nicht die Nacht der Wendigen. Komm, wälz mit mir den Türstein vors unbezwungene Zelt. Super! Drei Bomben, gleiche Technik! Die eine also vor einer zweisprachigen Schule in Klagenfurt, dann Ihre, meine Herren Verstorbenen, und dann war da noch die am nächsten Tag, die diesem Arbeiter von der Müllabfuhr, an seinen Namen kann ich mich jetzt leider nicht mehr erinnern, ein Stückel aus seiner Hand herausgerissen hat. *Zeigt etwas.* Probiern Sies doch noch einmal, vielleicht gehts das nächste Mal besser! Falls die Herren, die das gemacht haben, zufällig im Saal anwesend sind, so bitte ich sie jetzt, zu mir auf die Bühne herauf zu kommen und unserem Saalpublikum und unseren Zusehern zu erklären, wie und warum sie all diese Schachteln und Tafeln und Gipsplatten und Aufschriften und Kippschalter hergestellt haben. Danke, jetzt sehe ich warum. Liebe Zuschauer, es hat keinen Sinn, wenn Sie jetzt wie ein Heer von Fliegen über Ihre Bildschirme kriechen! Ich halte Ihnen den fraglichen Gegenstand schon vor die Kamera, damit Sie ihn gut sehen können. Sie können ruhig sitzen bleiben!

Es ist immer wieder erstaunlich, wozu Menschen fähig sind, wenn sie über sich hinauswachsen: zu Großem und zu Kleinem. Es hat schon jemand ein kleines Kind unter einem Traktor ganz alleine herausgezogen! Es hat schon jemand Buntstifte allein am Geschmack auseinanderhalten können!

Er hängt ein zappelndes Häkelpaket an die Decke.

Die Beseitigung von Qual kann Heilwerk sein, die Tötung von Menschen kann Heimwerk sein! Wenn der Tod in sicherer Aussicht steht, ist die Vertauschung der Todesursachen keine Tötungshandlung im Rechtssinne, ja, sondern nur eine Abwandlung der schon unwiderruflich gesetzten Todesursache. Die Tötung wäre dann in Wahrheit eine reine Heilhandlung!

Er schlägt mit seinem Stab gegen das Paket, das jäh stillhält.

Und zwar kommt es dabei auf die Einwilligung des Kranken gar nicht an, denn in vielen Fällen wird ein momentan Bewußtloser Gegenstand dieses heilenden Eingriffs sein müssen.

Schlägt noch einmal, wütender, es beginnt Blut aus dem Paket zu tropfen.

Ich persönlich bin der Ansicht, einmal muß Schluß sein. Warum nicht jetzt gleich? *Applaus aus dem off!*

Seien Sie doch froh, daß Sie es hinter sich haben, meine Herren Tote. In der Nachbarschaft, beim Kaufmann, im Wirtshaus, beim Friseur hat ohnedies kaum einer gut von Ihnen gesprochen! Ich muß überlegen, wer uns lieber ist als Sie. Ich glaube tatsächlich: jeder andere wäre uns lieber, allerdings tot müßte er nicht gerade sein. Auf jeden Fall sind uns zum Beispiel Kinder lieber als Sie, allerdings nicht tot. Oder vielleicht doch besser tot? Was denken Sie? Fragen Sie das berühmte Krebskind Olivia! Ja, fragen Sie sie ruhig, Frau Margit! Jetzt, wo sie doch endlich operiert worden ist. Wie wir mit der alle mitgelitten haben! Mir ist heute noch ganz schlecht davon.

Einerseits: Vom Kind, sogar vom Ungeborenen spricht man immer so lieb. Es scheint eine Entrückung zu sein, die einen überfällt, wenn man von den Kleinsten der Kleinen spricht, na, die stören einen halt nicht, außer sie spielen

Fußball vorm Haus und schreien dazu, daß sich die Scheiben biegen. Ja, sie biegen sich mühelos, ohne daß man vorher das Haus hätte anzünden müssen.

EINE KUNDIN *näht sich überall Häkeltaschen an*: Es ist andrerseits nicht so, daß das Ungeborene und das Fremde, das Sie repräsentieren, werte Herren Tote, schon ein und dasselbe wären, nur weil sie beide so wenig begreifen. Der Fremde: ein Mensch im künstlichen Kindheitsstadium! Ehren Sie Ihre Mitmenschen durch Ihren Anblick! Achten Sie auf Ihre Fähigkeiten! Wer weiß, was aus diesem Embryo einmal wird? Lassen wir ihm doch Zeit. Das Ungeborene kann noch erwachen. Sie könnens nicht mehr, Herren Tote. Im Zweifelsfall wär es besser gewesen, es hätte Sie gar nicht gegeben. Dann wäre von Ihnen auch kein Schatten auf uns gefallen, und zwar immer grade dann, wenn wir uns in die Sonne legen wollten. Das Fremde ist bisher immer abseits geblieben, und das zu Recht. Warum haben Sie sich uns in den Weg gelegt, werte Verstorbene? Wo ein VW-Golf der Zweierserie vorbeifahren möchte und kaum an Ihnen vorbeikommt. Warum ausgerechnet hier, in unserer Ausfahrt? Haben Sie nicht das Schild gesehen? Roma, zurück nach Indien?

Eine andere Kundin, ebenso, immer schön handarbeiten, nicht aufhören!

Ich hab dauernd das Gefühl, der Tod ragt, wie das Eck eines Tischs, an dem wir uns dauernd stoßen, weil wir uns nicht dran gewöhnen können, daß er da steht, ein Stück ins Bewußtsein hinein, aber nicht so, daß man neugierig würde auf ihn. Man will vielmehr gar nicht sehen, was auf diesem Tisch so alles herumliegt. Der Tod bleibt, unverrückbar, ein Gegenstand innerhalb der Welt, ein Vorkommnis in ihr. Und es ist nicht notwendig, ihn zu üben, solang wir Spezialisten haben, die ihn noch, und wärs in mühevoller Heimarbeit, herstellen können. Wenigstens ist es kein aussterbender Beruf. Es gibt noch welche, die ihn beherrschen. Da liegt etwas. Irgendwo liegen Berge. Zerbrechen Sie nicht an diesem entsetzlichen Ereignis! Geraten Sie nicht über Verunglückte selbst ins Unglück! Erlauben Sie keinem Gefühl, Sie zu überwältigen, und erlauben Sie keiner Macht, mächtiger zu werden als Sie! Jedermann!

Ruft:

Jedermann!! Nicht jedermann kann zum Sterben eigens nach Salzburg fahren.

Würgt, spuckt etwas Gehäkeltes aus, betrachtet es genau, betastet es, wirft es dann über die Schulter.

Fremde, auch wenn Sie grad unterwegs sind, Achtung! Der Tod bleibt uns, während Sie gewiß wieder fortfahren werden. Dafür sorgen wir schon! Na, hoffentlich hört wenigstens ein Fremder uns jetzt zu! Ja, er hört uns. Schauen Sie, er kauft sich schon Ansichtskarten und ein T-Shirt. Aber einmal muß auch wieder Schluß sein.

Die Häkelraupe kämpft gegen ihre Bande. Den folgenden Text bitte zuerst normal, dann, wie immer, auch gegenläufig sprechen.

Als der Herr Bundespräsident auf Staatsbesuch in Israel gewesen ist, hat er getan, was von ihm erwartet worden ist. Er hat reuevoll die Mitwirkung der Österreicher an den Greueltaten des Hitler-Regimes an den Juden beklagt. Teils zu Recht, teils zu Unrecht. Zu Recht, weil es ja in Österreich zumindest ebensoviele Nazis gegeben hat wie im Altreich der Deutschen. Wahrscheinlich sogar mehr. Unrecht hatte der Herr Bundespräsident aber insofern, als er ja logischerweise die heute lebenden Österreicher vertritt, die aber schon auf Grund ihres Lebensalters in erdrückender Mehrheit mit Hitler gar nichts zu tun haben konnten. Einmal muß Schluß sein.

Das Ganze wird irgendwie uneinheitlich, die einen nähen sich noch zusammen, die anderen versuchen immer heftiger, von ihrem Nachbarn wieder loszukommen.

EINE DER FRAUEN: Was man noch versuchen kann, was aber nicht gelingen wird, ist, den Ort des Todes im Lebendigen selbst anzusetzen, um das Phänomen der Todesgewißheit in den Griff zu bekommen, drei Leidzoll überm Boden: alle die Sterbemäntel aus Sand, all die Helfenichtse, alles, was da noch lacht mit der Zunge am Resthimmel, sterbestolz, das Sterngedränge nimmt die Hürde. Gewölk und Gebell! Sie reiten den Wahn sie reiten den Wahn in den Farn. Wie finde ich jetzt den Weg zu mir wieder? Ja, wie finde ich endlich zu mir? Indem ich jeden Weg in jeden anderen zuvor verschütte.

EINE ANDERE *mit der ersten kämpfend*: Ja. Nur ein Hund könnte die Spur in einen anderen Menschen hinein dann noch wiederfinden. Ich frage Sie, Herr Kommissar Rex, weil Sie grad da sind: Welche Zeit ist wahr? Das Ende ist nicht die Folge des Anbeginns. Für uns war aber der Neubeginn nur durch das Ende des Anbeginns überhaupt möglich! Dunkle Geduld des Endes? Das Ende geht, nämlich als das Ende eines Geschlechts, das nicht einmal verwesen durfte, sondern einfach verschwunden ist, dem Anbeginn jedes unserer Ungeborenen, die ja auch alle Noch Nicht Sind, voraus.

DIE ERSTE *kämpfend*: Einmal muß eben Schluß sein. Wie? Hat hier einer Mord gerufen? Die Dame dort in der vorletzten Reihe? Nein? Sie haben ausdrücklich feiger Mord gerufen? Da habe ich aber etwas anderes gehört! Ich habe entsetzlicher Mord gehört.

Und hier vorne hat ein Herr grauenhafter Mord gesagt. Im allgemeinen ist es aber bei uns so gemütlich, daß wir gar nicht mehr von den Toten auferstehen wollen. Gestern erst haben wir das Wesen der Zeit gesehen, welches schwer an unseren Taten zu tragen hatte, und es unschädlich gemacht, ein für allemal! Jetzt sind aber auch die ganzen schönen Taten weg. Rex! Komm her da! Willst ein Wurstsemmerl?

Sie schnalzt dem Fleischer mit den Fingern, der macht eine neue Wurstsemmel, hüllt sie in ein Häkelsäckchen und überreicht es der Frau.

Rexischatzi: Der Tod wie die Zeit bleiben dem Denken nun einmal verschlossen. Such, Rex! Such! Wir haben aber bewirkt, daß es, da es den Tod nicht mehr gibt, ganz einfach deshalb, weil er in so vielen Fällen gar nicht stattgefunden hat, auch die Zeit nicht mehr gibt. Da aber gar nichts gewe-

sen ist, kann auch die Zeit niemals mehr ankommen. Einmal muß einfach Schluß sein. Und wenn doch einer kommt: Faß, Rex! Faß! Braver Rex! Braver Hund!
Bevor wir uns in die Bank trauen um den neuen Kredit, können wir uns, als Österreicherinnen und Österreicher, die wir noch nie für irgendwas gezahlt haben, können wir uns also einfach vor die Zeit denken, beziehungsweise vor ihr herlaufen, als ihre schönsten, buntesten Fahnen. Allein am Salzburger Bahnhof hunderte! Es kommt nur darauf an, was für Festspiele wir überhaupt feiern wollen. Und dann müssen wir uns nur noch fest vor der Wahrheit schwenken, im aufkommenden Wind knatternd, als Vorhut dessen, was dann leider doch umständehalber nicht mehr ankommen kann. Die Wahrheit soll endlich stehenbleiben, damit wir sie erwischen. Und du: Sitz, Rex!

Ein weiterer Kunde *in der Häkelraupe, an seinen Mit-Gliedern zerrend, zur Trennung entschlossen, diese fallen nach und nach in seinen Sermon ein. Sie sprechen wieder erst normal, dann gegenläufig, doch diesmal sprechen zwei Gruppen, nicht Einzelpersonen, gegeneinander*:
Wir leben ja im Jahrhundert des Sippenhafterls. Hier wurden unter dem Naziregimerl wenigstens nur Sipperl-Ungehörige der gleichen Generation verfolgt! Die heute so wohlweislich organisierte Sippenhafterung aber hat sich auch auf die Buberln und Enkerln, ja wohl auch noch bis ins fünfte und siebente Gliederl zu erstrecken! Da haben wirs! Wir sind schuldigerl, solange es uns überhaupt noch gibt! Nicht nur die Enkerln, sondern auch noch alle künftis Generationerln haben unentwegt Aschi, Gatschi und Kaiserschmarrn auf ihre Kopfis zu streuen, tun sie es nicht, machen sie sich des Verbrecherls einer Banalalalisierung schuldig tralala. Wer mag da noch aller schuldig sein? Die Hunnerln vielleicht, die zur Zeit des großen Völkerspazierens in Europa gewütet haben? Da wird das Anklagerl aber schwerfallen, weil doch heute keine Hunnis mehr leben tun. Doch heraus mit die zuständige Wissenschaftis! Wo

sind denn die NachfahrerIn der einstigen Hundis zu orten? Wo sind sie denn, ja wo sind sie denn?

EIN ANDERER *der ebenfalls zu zerren und reißen beginnt, in der plötzlich eintretenden Stille ganz allein*:
Wenn eine Anziehung immer solche Umstände macht, dann muß man sich eben ausziehen. Man sollte das Haus aber nicht gleich mit anzünden: Sogar die Flamme der Leidenschaft wird schließlich eintönig, wenn sie andauernd in uns brennt. Hätten wirs denn nicht etwas kleiner?

EINE FRAU *ruhig, sorgfältig sich Häkel anprobierend*: Ja. Wo anders wollen sie noch ein paar Leute verbrennen, aber den Sprit dafür wollen sie auch noch selber saufen, womöglich schon vorher. Nur Liebende freuen sich, wenn sie sich lächerlich machen. Füße kommen zum Vorschein. Frauen und Kinder springen aus einem Haus, als wären ihnen ihre Sessel davongeschwebt.
Sie stopft sich etwas Gehäkeltes in die Häkeltasche.
Gewölk und Gebell. Steinhaube Zeit. Und üppiger quellen die Locken des Schmerzes ums Antlitz der Erde. Macht ja nix. Wenn wirs nicht wüßten – sehen täten wirs nicht!

EIN MANN *ein Häkelpaket verschlingend, zwischen den Bissen, atemlos, schlingend, die Worte hervorwürgend, dazwischen aus einer gehäkelten Flasche ein paar Schlucke nehmend*:
Ich muß mir meine Verblendung noch bestellen, der Blick sieht ohne sie so nackt aus. Kann man nix machen. Einen Spoiler könnte ich auch noch an mir anbringen. Schaut sicher gut aus. Ich wälze ihn in der Furnier und nagle ihn dann wie ein Geweih in meine Zirbelstube. Hoffentlich kann ich dann noch fahren! Das Zeug ist nämlich ziemlich schwer im Vergleich zu mir und meinem Auto. Früher gabs Tage, wo ich an die 200 gefahren bin. Es gab Tage, wo ich an die 18 000 habe durchrennen lassen müssen!

EINE ANDERE *aus der Schlange, näht den Mann dort sofort wieder fest, wo er sich losgetrennt hat*:
Eine Erinnerung hab ich noch: schaun Sie, der Hügel dort! Es erscheint eine Gruppe Menschen mit Hunden in

der Dämmerung, wie früh Verstorbene, die sich, da sies noch nicht fassen können, daß sie tot sind, aus ihren Gruben erheben und die Erde nachlässig von den Leichenhemden schnippen. Manche meinen, es sei fast ein Vergehen, wenn man mehr weiß als die anderen. Aber da sind sie ja schon, die Hunderln! Ja wo sind sie denn ja wo sind sie denn?

EIN MANN *im Häkel-Steireranzug mit einem langen Hirten-Stab oder einer Jagdflinte*:
Hat hier jemand bei mir einen Grund bestellt für das, was er gemacht hat? Gründe sind heut aus. Ich muß sie nur noch von der Karte streichen.

EIN ANDERER KUNDE: Na, jetzt wird endlich Schluß sein mit den Gerüchten! Ich handle aus wissenschaftlicher Gesinnung, wenn ich spöttisch sage, man soll auch die Vorliebe für deutsche Schäferhunde und Eiernockerln, angeblich H.'s Lieblingsspeise, unter Strafe stellen. Also da kommen alle diese feschen blonden Schäferhunde jetzt zu uns her. So schaun Sie doch hin! Nicht wegschauen!
Die Lampen des Schreckens sind hell, auch im Sturm. Normalerweise verharrt das Individuum, dessen individueller Tod ja erhalten bleibt, auf der Stelle. Aber in der Masse, in dieser ungeheuren Masse bleibt uns keiner, kein einziger. Rex! Wo bist du? Rex! O je, der Rex braucht uns! Er braucht uns schon wieder! Schnell!
Widerwillig, leiernd, nachlässig:
Warum ist der Rex jetzt weg? Ich habe diesen Film schon einmal gesehen und weiß, daß der Rex jemanden erkannt hat, der in Plüschtiere so Bomben eingebaut hat. Und wie er, nachdem er die Bomben ganz alleine entschärft hat, zu seinem Futternapf will, der Rex, merkt er, daß das gar nicht seiner ist und daß das ganze Haus plötzlich auf einer haushohen Welle reitet, es ist die Welle unserer Zuneigung.

EINE FRAU *ein Plüschtier hervorholend und es umhäkelnd, kichernd und vertraulich zu einer anderen*:
Vorhin war ein Mann da, der hat das Skelett seines Vaters

gesucht! Na, da wird er schon bis nach Graz fahren müssen. Aber die brauchen das Skelett dort noch, zum Studieren.

Beide biegen sich vor Lachen, der Satz macht die Runde in der Schlange, wird halblaut weitergegeben unter den Häkelnden, immer wieder wiederholt, immer größere Heiterkeit.

Die Häkelschlange beginnt sich aufzutrennen, darunter sind die Leute nackt, rosa auf rosa, aber ohne Voyeurismus herauszufordern! Es erscheint auf einem Schirm oder einer Leinwand in leuchtender Klarheit das Gesicht eines deutschen Schäferhundes mit einer Zeitung im Maul und bleibt bis zum Schluß dort stehen, das einzige, was nicht unhäkelt wird!

DER FLEISCHER *kommt hinter der Theke hervor und schlägt mit einem Paket Häkelwürsten zornig auf die Häkelschlange ein*:

Sie haben dem Tod seinen Geltungsbereich über die Lebendigen genommen! Sie haben nämlich den Tod selbst genichtet, zu einem empfindungslosen Nichts. Indem so viele getötet worden sind, ist es unmöglich geworden, die Lebenden im Gegensatz zu den Toten überhaupt noch zu definieren. Und was für einen Sinn hat jetzt unser todesentleertes Dasein? Da hätten wir ja gleich ungezeugt bleiben können! Es kommen die Hunde die Hunde! Rex kommt! Unser Rexi kommt! Bravo!

Leiernd, uninteressiert, ganze Silben verschluckend, als läse er aus einer Zeitung vor:

Schimmelgrün ist das Haus des Vergessens. Vor jedem der wehenden Tore blaut dein enthaupteter Spielmann. Hierher, Rex! So is brav!

Die Häkelschlange kämpft immer heftiger gegeneinander. Manche holen, wie die Frau vorhin, Plüschtiere hervor, ziehen sie auf und ziehen ihnen Häkeldeckchen an, die Tiere bewegen surrend die Beine.

EIN KUNDE *der hinter die Theke geht, um sich eine Leberkässemmel zu machen, die er in einen Häkelbeutel stopft*:

Das Töten war leicht, größere Schwierigkeiten bereitete jedoch das Verbrennen. Es ging in erster Linie viel zu langsam. Auf der anderen Seite verbreiteten große Scheiterhaufen einen solchen Gestank, daß die Gegend im Umkreis von vielen Kilometern verpestet wurde. Nachts sah man meilenweit den rot gefärbten Himmel. Und dennoch, in den insgesamt 46 Muffeln, den Brennkammern, konnten im Dauerbetrieb über 24 Stunden mehr als 4700 Leichen verbrannt werden. Gefragt ist der Name des Orts, an dem diese Öfen hergestellt wurden. Wenn Sies wissen, meine Damen und Herren, rufen Sie uns bitte an!

EINER AUS DEM PUBLIKUM *sich vor Lachen biegend*: Kann keine der Espen mehr, keine der Weiden, den Kummer dir nehmen, den Trost dir bereiten? Und steigt nicht der Gott mit dem knospenden Stab den Hügel hinan und den Hügel hinab? Und duldest du, Mutter, wie einst, ach, daheim, den leisen, den deutschen, den schmerzlichen Reim?

DER FLEISCHER *zu dem Mann im Publikum, wieder ruhig*: Das Letzte können wir nicht erlangen, aber wir können danach streben, und das Allerletzte ist der Tod, das reinste Sichverbergen. Glauben Sie mir, ich kenn mich da aus! Menschen ringen noch die Hände, werfen sie hoch, doch zu spät, diese Bahn ist abgefahren, abgetreten von Millionen Füßen plus, Moment, ich muß erst nachrechnen, ja, acht noch dazu, sozusagen als Draufgabe. Geht ja alles in einem Aufwaschen! Wissen Sie, wenn ich eine Extrawurst aufschneide und es bleibt der Zipfel übrig, dann gebe ich ihn gratis dazu, für den Rex. Machen Sie sich klein! Ungefähr so klein wie ein Schäferhund! Dann kommen vielleicht auch Sie ins Fernsehn.

Also wenn man Ihr nettes Gesicht auf dem Bildschirm bewundern soll, dann dürfen Sie nicht zu groß sein. Machen Sie sich nichts draus, wenn Sie sich heute noch ganz groß vorkommen!

Es hat auch überhaupt keinen Sinn, wenn Sie darüber in Wut geraten, daß Sie unseren heutigen Stargast hinter diesem Glas nicht angreifen können. Greifen Sie halt wen anderen an! Oder seien Sie selber in jedem Haushalt mindestens einmal vorhanden! Sie können sich ja freiwillig melden. Sie haben ein Recht darauf. Ihr Bild war schließlich vor Ihnen da, allerdings hat es da noch jemand anderem gehört: einer internationalen Berühmtheit. Oder das blöde Bild kommt überhaupt nicht mehr zur Ruhe, weil jemand unsere Antenne verschoben hat. Bitte, stehen Sie jetzt auf für Ihr eigenes Bild, dumm genug sind Sie dazu!

Ja, Sie! Wer sonst? Falls Sie noch mit in dieses Bild hinein wollen: Aufspringen geht nicht, die Türen des Geräts schließen pneumatisch. Achtung, bitte zurücktreten! Zug fährt ab.

KUNDIN: Entweder etwas bleibt aus oder es kommt an. Wir warten und wachen, das tut ja sonst keiner außer uns. Hände und Füße sahen aus dem Grab heraus, derart schlecht waren sie mit der Erde bedeckt, die mit dünnem Blut getränkt war. Unser Sein ist einzigartig und unvorstellbar, aber es ist keineswegs selbstverständlich. Ich begreife deshalb nicht, weshalb so viele Menschen krampfhaft ihr eigenes Weg-Sein betreiben, anstatt daß sie froh sind, dasein zu dürfen, bei uns. Heuer sind ja deutlich weniger gekommen. Und jetzt sind schon wieder vier Stück Personen weg, ui jegerl, und wir müssens dann zahlen, wenn am Schluß was fehlt! Unterm Lindenbaum, gewinnend im Handumdrehn.

DER FLEISCHER: Frau Margit, auf Sie hätte ich jetzt beinahe vergessen: Rubbeln Sie sich reich! Auf der linken Hälfte steht der Name Ihres Loses, auf der rechten Hälfte befindet sich das Rubbelfeld. Das werden Sie doch wenigstens kapieren! Neben Unterhaltung ist auch viel kribbelnde Spannung im Spiel. Aber auf diese vier Stück werden Sie leider verzichten müssen, alle übrigen stehen Ihnen für die große Schlußverlosung zur Verfügung. Also: Menge minus vier. All diese Leute, wartend an der Station, doch die Bahn, wenn sie kommt, ist immer schon voll. Die dazugehörige Remise ist 8 Meter breit und 30 Meter lang und innen voll-

kommen leer. Es geht hinein, aber nicht mehr hinaus. Wollen Sie mit diesen Leuten etwa Ihr Zimmer heizen?
Es geht also hinein, aber nicht mehr heraus. Mein Gott, hat da jetzt nicht einer was von oben hineingeworfen? Schweinerei! Auf meinem Gewinnfeld hätte sich 3mal ein Betrag von 100000 Schilling befunden, somit hätte ich 100000 Schilling gewonnen! Und da haben Sie mir jetzt etwas draufgeschmissen! Ich hab, am besten mit einer Münze, gerubbelt, und bevor ich die Zahl gesehen habe, haben Sie jetzt diese Sauerei gemacht, und ich seh überhaupt nichts mehr! Wieso ist die Luft auf einmal so diesig? Vor allem kann ich die Zahl nicht sehen, die hier steht. Wieso fahren die überhaupt noch, diese Bahnen? Die Menschheit ist doch abgeerntet. Warum also überhaupt noch losfahren? Es ist nicht mehr viel da, aber erst neulich haben wir vier Stück Personen von unserem Personenkonto abgehoben. Jetzt warten wir auf unser Werbegeschenk, weil wir wieder jemanden geworben haben. Ich möchte an dieser Stelle anregen, daß Sie, werte Tote, uns alle Ihre Organe aushändigen, ein anderer freut sich vielleicht noch darüber. Ich habe auch angeregt, daß nach Ihrem Tod Ihre Häuser als allererstes durchsucht werden, Sie freuen sich vielleicht auch über diese Kleinigkeit! Ja, die Letzten werden die Ersten sein. Nichts zu danken!

KUNDIN: Was weinen Ihre Angehörigen denn so? Bitte schauen Sie ruhig überall nach, wenn Sie glauben, daß Sie dazu einen Grund haben! Wir sind das gewohnt, seit wir hier wohnen! Warum also noch fragen?

KUNDE *vernünftig häkelnd*: Auch historisch vergleichende Verrechnung trifft ja nie das Wesentliche. Ich schlage vor, wir zahlen so lang selber, bis wir endlich unseren Bonus kassieren dürfen, ohne daß irgendein Vertreter sich drohend vor uns aufpflanzt. Womöglich hat der uns die ganze Zeit schon, mit einer offenen Flamme, zweiunddreißig Litern Bier und einem Brandbeschleuniger in der Hand, vertreten, und wir haben ihn nicht gesehen!
Überliefern ist zugleich Vergessen. Endlich stellt uns einer

wieder in unsere vergangene Größe hinein und bringt uns, wenn auch etwas spät, zum Vollzug.

Während des folgenden zieht der Fleischer weiße Knochen und Totenschädel hervor und stopft sie unter den Teppich. Ein Kunde versucht ihn dabei aufzuhalten, es entsteht ein kleines Gerangel:

EIN KUNDE: Erwähnen möchte ich an dieser Stelle, meine lieben Herren Tote, daß jeder Mensch vollkommen unverwechselbar und einzigartig ist, weil uns in ihm das, jedes Andere, Künftige nähergebracht wird. Eigentlich müßte es mit dem nächsten Zug ankommen, und wenn nicht mit diesem, dann mit dem übernächsten. Macht ja nichts. Es gehen ja dauernd welche. Sie gehen im Austrotakt, und wir haben selbstverständlich das dazu passende Austrotaktgefühl in vielen verschiedenen Farben und Geschmacksrichtungen. Sie können sich jederzeit eins aussuchen. Damit auch Sie endlich im Takt gehen!

Der Hundehirt hat wieder seinen Stab geholt und schlägt mit lockeren Schlägen auf die Reste der Schlange ein, während er sein Wurstpaket ißt.

DER FLEISCHER: Ganz falsch aber ist das Annahmerl, daß Österreich für seine nach dem Einmarsch vertriebenen Madeln und Buam überhaupt nix tan hat. Dazu folgende informativen Zitate aus einem bisher nicht bekanntgewordenen und in recht holprigem Amtsdeutsch mühsam verfaßten verstückelten Schreiben:

Er weist mit seinem Stab auf die Tafel. – Auf der leuchtenden Tafel mit dem Schäferhundkopf folgende Zahlen in Leuchtschrift, es wird aber auch laut vorgelesen: Achtung, alles wahr! 5004 Empfänger österreichischer Pensionerln! Im Jahr 1993 sind von Österreich aus ca. 1,6 Milliarden Schilling an Pensions- und Opferfürsorge-Leistungen überwiesen worden. Achtung, alles wahr! Weltweit wurden ca. 8 Milliarderln Schilling an ca. 30000 abstammungsmäßig verfolgte Buam und Madln bzw. deren Ehegatterln überwiesen. Achtung, alles wahr! Einmal muß Schluß sein. Derartige Leistungerln Österreichs an abstammungsmäßig

Verfolgterln werden seit Jahrzehnterln erbracht, betragen insgesamt 200 bis 300 Milliarderln Schilling und laufen noch und folgen noch in Milliardenhöhe pro Jahrl. Dr. Herbert Kroll, am 10. August 1994 Aktenzahl 96-Res/94. Achtung, alles wahr! Bitte, eine Frage noch: Wer ist dieser Herr Dr. Kroll? Von dem haben wir ja noch nie etwas gehört. Wenn er uns jetzt zufällig zusieht, soll er bitte bei uns im Saal anrufen! Und wenn jemand den Herrn Dr. Kroll kennt, soll er ihm bitte sagen, daß er bei uns noch während der Sendung anrufen soll. Vielen Dank.

EINE KUNDIN *im Häkeln*: Also was ich fürchte ist, daß ich die Integrität meines Denkens verlieren würde, wenn ich versuchte, eine mehr oder weniger taugliche moralische Überwindung des Todes zu schaffen, aber immerhin, ich kann ja auf jeden Fall schon einmal Maß nehmen. *Sie mißt einem Plüschtier ein Häkeldeckchen an.* Auf diese Weise wird wenigstens ein Mal die Rationalität siegen. Wissen Sie was? Wir verbieten einfach den Tod, damit wir nicht mehr von ihm bedroht sind! Was? Das geht nicht? Oh je! Schad! Na, dann verbieten wir eben das Denken! Und dann verbieten wir das Fragen. Und dann verbieten wir die Autos. Und dann verbieten wir die Ampeln. Und dann verbieten wir, daß die Hunde überall auf die Straßen kacken wo sie wollen. Nur meiner darf das, sonst keiner darf das. Und ich verbiete jetzt gleich Sie! Ich möchte bitte ein halbes Kilo Faschiertes, aber ich habe es eigentlich gar nicht gewollt! Oh je, das habe ich nicht gewollt! Wenn ich das vorher gewußt hätte, dann hätte ich es nicht gewollt, bitte glauben Sie mir! Wenn ich das gewollt hätte, würde ich es heute auf alle Fälle nicht wissen! Zuerst gehe ich also zur Vorsorgeuntersuchung, und dann gehe ich zur Nachsorgeuntersuchung. Besorgt bin ich immer.

EIN ANDERER KUNDE: Was für eine originelle Idee, uns zur Wahrheit führen zu wollen, indem man sie uns einfach verbietet. Schauen Sie her, unsere Zeit ist ganz neu oder wie neu. Sie ist schon fast ganz über uns drübergewachsen. Was das Denken heut nur wieder hat, daß es andauernd beleidigt ist? Na, ansteckend wird es schon nicht sein. Momenterl, ich muß diese Wahrheit jetzt nur schnell noch hier festmachen!

Sie probieren beide dem Hund das Deckchen.

DER FLEISCHER *ist interessiert herangekommen*: Da haben Sie ganz recht! Am besten, man nimmt ein scharfes Messer und löst sie aus den Knochen heraus. Und dann haut man sie, gepfeffert wie sie ist, in die Pfanne.

Der Fleischer, im Totenkopfeinsackeln, dann reicht er einen überzogenen Totenkopf zur Ansicht: «darfs ein bißerl mehr sein?» Die Kundin nickt und steckt ihn in ihren Häkelbeutel.

DIE KUNDIN *nachlässig, flüchtig, dazwischen halb stimmlos durch die Zähne summend, wie ungeduldig*:
Die Zeit tritt ehern in ihr letztes Alter. Nur du allein bist silbern hier. Und klagst im Abend um den Purpurfalter. Und haderst um die Wolke mit dem Tier.

Der Fleischer schlägt plötzlich auf das Plüschtier ein, die Kundin versucht, ihn mit Ellbogen und Tasche abzuwehren, und häkelt gleichzeitig fieberhaft an dem Deckerl. Am Ende haut ihr der Fleischer selber auf den Kopf, und sie fällt um. Die anderen bleiben stehen, als ob nichts gewesen wäre.

DIE KUNDIN: Glauben Sie, kann auf diesem Wege das so Organisierte in seine ursprünglichen Gründe zurückwachsen, das Massenhafte nicht nur eindämmen, sondern verwandeln? Verwandeln in eine «Bewegung»? Wieso Bewegung? Ich sehe nicht, daß sich da noch was bewegt! Oh je, ich glaube, die Bewegung war schon, und ich bin schon wieder zu spät gekommen. Da ist keine Bewegung. Nein, ich jedenfalls mißtraue meinen Sinnen nicht: da ist keine. Oder doch?

Sie untersucht den strampelnden Hund.

Das soll eine Bewegung sein? Daß ich nicht lache! Jetzt warte ich fünfzig Jahre, und dann bieten Sie mir das an?! Halt! Sie haben recht, entschuldigen Sie! Ja, jetzt sehe ich, wie diese Bewegung sich zu bewegen beginnt. Bitte schauen Sie her, sowas haben Sie noch nicht gesehn! Ich bin in diesem Augenblick ganz am Anfang einer Bewegung mit dabei! Klasse!

Ich sehe zum Beispiel jetzt, da die Bewegung mit dem Schwanz zu peitschen beginnt, vier Männer da liegen. Sie haben sich sternförmig um einen Pfahl herum ausgebreitet und scheinen zu schlafen. Bitte, mich störts nicht, aber hoffentlich stört es die Bewegung nicht. Die ist nämlich noch nicht sehr gefestigt.

Ich stelle mich also selber erst mal schlafend. Mit geschlossenen Augen sehe ich doch sogar noch viel besser! Wach ich oder träum ich mich? Ich hab mir einen neuen Fernseher und einen neuen CD-Player gekauft, aber essen muß der Mensch schließlich auch. Hat die Möglichkeit, sich zu verwandeln, überhaupt noch eine Chance angesichts all der Künstlichkeit um uns her, die alle für alle immer zudringlicher, dem Griff von allen nach allen immer zugänglicher macht, ja, diesen Griff sogar organisiert, und zwar in dieser schönen Bewegung, die wir da heute geschenkt bekommen haben, ohne daß wir uns sonderlich haben anstrengen müssen?

MEHRERE KUNDINNEN *im Häkeln durcheinander, eifrig nickend*:

Moment, ich sehe in diesem Augenblick, jemand reicht mir einen Zettel herein: der Griff nach mir ist soeben getan worden! Au! Immer wenn ich schlafe, habe ich ein deutliches Gefühl, ich weiß nur nicht welches. Ich habe das deutliche Gefühl, daß jemand nach mir greift. Autsch, ich glaube, jetzt hat jemand nach mir gegriffen! Die Bewegung dahinter habe ich als Schatten allerdings mehr ahnen als sehen können. *Sie fällt um.*

Der Fleischer hat scheints Geschmack an seiner Tätigkeit gefunden und fällt mit seinem Stab über die anderen Kunden her. Sie fallen reihenweise um, aber nicht dramatisch, eher spielerisch.

DER FLEISCHER: So, jetzt können Sie es ja einmal probieren, wenn Sie sich trauen. So und soviel ist da noch für Sie drin! Nur müssen Sie sich erst von mir losrubbeln!

Aber wo immer man reibt, kommt Ihr Fleischer zum Vorschein! Dies ist ein konzessionierter Fachbetrieb. Man muß nur ein bißchen rubbeln, und schon tauche ich auf! Die genaue Anzahl und die Höhe Ihres Gewinns finden Sie auf Ihrer Rückseite. Was drehen Sie sich um? Schauen Sie lieber mich an! Ich halte mich schon so, daß Sie in mir auch Ihre Rückseite betrachten können, wenn Sie noch einen zusätzlichen Taschenspiegel zu Hilfe holen. Dann wissen Sie, wieviel es geschlagen hat, und dann wissen Sie auch, wieviel Sie gewonnen haben!
Wenn Sie danach immer noch nicht aufhören zu rubbeln, kommen Sie dorthin, wo die alle begraben sind. Ich bin Ihre Schatztruhe! Ich bin Ihr Sofortgewinn! Rubbeln Sie nur kräftig! Vielleicht können Sie sich irgendwann einmal von mir losrubbeln!
Ich weiß schon, daß ein Verzicht auf Ihren Gewinn Ihnen als Schwäche ausgelegt würde. Nur für den Fall, daß Sie doch verzichten: Da wird es sich dann herausstellen, ob die Wahrheit einfach nur ein Ziel, eine Endstation Ihres Suchens gewesen sein wird, oder ob sie zu einem Aufruhr, einer Verweigerung führen wird, das heißt, ach, ich weiß nicht, das heißt, die Frage ist, ob Sie dann, wenn Sie Ihren Gewinn vollkommen weggerubbelt haben, überhaupt noch was sehen werden. Ja, das steht in den Sternen, aber nur, wenn Sie ans offene Fenster treten. Suchen Sie Freiheit, müssen Sie erst mal alles davor wegräumen! Aber heben Sie es bitte gut auf. Es kann nämlich an der großen Schlußverlosung teilnehmen. Keine Sorge. Gleich können Sie wieder von vorne anfangen mit dem Regnen, dem Schneien, dem Donnern und dem Blitzen Ihrer Augen! Finden werden Sie doch nichts, oder höchstens das, was Sie bisher auch schon, im Wald, inmitten von Eßbarem, gefunden haben. *Der Fleischer kehrt alles zusammen, Schauspieler, Handarbeiten, Plüschtiere, Häkelgarn.*

Die Autorin hat wieder einmal Zitate hereingelegt. Sagt aber nicht welche. Raten Sie! Keine Preise zu gewinnen!

RASTSTÄTTE
ODER
SIE MACHENS ALLE

Eine Komödie

DIE PERSONEN:

ISOLDE und KURT (ein Ehepaar in mittleren Jahren)
CLAUDIA und HERBERT (ein Ehepaar, jünger)
ein KELLNER
ein BÄR
ein ELCH
vier SWINGER
zwei MÄNNER, zwei FRAUEN
ein verkleideter ZUG, auch KINDER
zwei japanische PHILOSOPHIESTUDENTEN
(unbedingt Originale!)

1.

Eine Raststätte an der Autobahn. Große Glasscheibenfront auf den Parkplatz hinaus, auch im Hintergrund Glastüren, durch die man einen Verkaufsstand und die Kasse sieht. Der Innenraum ist schmutzig und düster, Abfälle liegen herum. Auf den ersten Blick scheint das Lokal nicht in Betrieb zu sein. Halbdunkel. Von außen schieben sich die Schnauzen von Autos gegen die Glasscheibe, parken oder fahren nach einiger Zeit wieder weg, wie Schiffe, die einen Hafen anlaufen. Zwei Frauen in extrem sportlicher Kleidung, die offenkundig sehr teuer war, kommen herein, eine jüngere, Claudia, und eine ältere, Isolde. Die ältere ist zu alt und etwas zu dick für ihren Sportdreß. Aber auch die jüngere paßt nicht recht zu ihrer Bekleidung, die beinahe futuristisch ist. Beide stürzen herein, schauen sich um, wischen Sitze mit Papiertaschentüchern ab, etc.

CLAUDIA: War das eine Arbeit, sie genau hier anhalten zu lassen.

ISOLDE: Sie wollten durchfahren. Wie große schlanke Menschen mit einem Ziel.

CLAUDIA: Es hat doch in dem Inserat ausdrücklich geheißen: Raststätte Zwillingsgipfel? Dort sollen Tiere inmitten ihrer Haare auf uns warten.

ISOLDE: Daß unsere Männer immer so erregt werden, wenn ihnen außer der Reihe etwas passiert! Einen Mercedes zum Stillstand zu bringen, und wäre es in einem vorstädtischen Zimmer, kann doch nicht solch ein Problem sein.

CLAUDIA: Immerhin keine Kleinigkeit. Schon gar nicht verstehen sie, daß man aus bunten Packungen etwas essen möchte. Als ob die Natur gegen sie eine Gewalttätigkeit planen würde.

ISOLDE: Das Essen wird ihnen zuwenig auf dem wahren Gefühl eines Kochs beruhen. Aber die Tiere haben uns ausdrücklich diese Kilometerzahl und den Namen Zwillingsgipfel genannt. Sie haben von uns Decknamen verlangt.

CLAUDIA: Ich darf nicht vergessen, mein Deckname ist Karin. Ich muß das noch auswendig lernen.

ISOLDE: Und ich habe in bezug auf mein Alter gelogen. Denn das eine Tier hat geschrieben, Frauen über vierzig sind keine Frauen mehr. Ich wollte aber doch so gern ein Tier kennenlernen.

CLAUDIA: Ein Tier, das verreist, hat vielleicht keine so große Auswahl, was es fressen möchte.

ISOLDE: Sicher sind sie auf die Folter gespannt, wer ihnen einheizen wird. Mein Deckname lautet Emma.

CLAUDIA: Man muß alles einmal ausprobiert haben. Wir sind immer so beispiellos normal.

ISOLDE: Und was machen wir, wenn das Tier unsere Körper nicht zum Anbeißen findet?

CLAUDIA: In dem Inserat ist gestanden, daß sie uns suchen, damit ihr Motor auf Touren kommt.

ISOLDE: Das würden uns Herbert und Kurt nicht erlauben. Sie erlauben uns höchstens, daß wir uns manchmal allein im Wald einschließen.

CLAUDIA: Und die Tiere dort wollen uns nicht.

ISOLDE: Meinst du, sie warten schon unten bei den Toiletten, wie sie gesagt haben?

CLAUDIA: Ist noch zu früh. Mir ist doch etwas bang. Vor allem, wenn jetzt gleich die Männer kommen, um unsere Probleme zu vertiefen.

ISOLDE: Du mußt ja nicht. Noch kannst du zurück.

CLAUDIA: Wie soll ich das Tier in mir denn je kennenlernen, wenn ich schon vor fremden Tieren solche Angst habe?

ISOLDE: Vielleicht beobachten sie uns schon von irgendwo, ob wir dem Bild entsprechen, das wir von uns geschickt haben. *Beide spähen umher, schauen unter die Tische, werfen Papiere weg, etc.*

CLAUDIA: Dann haben sie schon bemerkt, daß du ein Jugendfoto von dir geschickt hast. In dem Inserat ist gestanden: zwei Hausfrauen aus der Vorstadt.

ISOLDE: Also, Claudia, bevor unsere Männer kommen: Du sagst in einer Viertelstunde, du mußt jetzt einmal dorthin gehen, wo der Kaiser ein Loch gelassen hat.

CLAUDIA: Wir haben noch viel Zeit, Isolde. Nicht nervös sein!

ISOLDE: Aber es muß doch geplant werden. Wer zum Schmerz nein sagt, sagt auch zur Lust nein, das habe ich mit einem schönen Gruß in meinem Antwortbrief geschrieben. Nur das Foto war nicht von mir, denn so habe ich nicht einmal in meiner Jugend ausgesehen. Glaubst du, merkt das Tier das? Oder erst, wenn es zu spät ist?

CLAUDIA: Das Tier, das du dir ausgesucht hast, wird gleich merken, daß du keine dreißig mehr bist. Wer ausgerechnet im Raum Kärnten Frauen oder Paare sucht, kann keine große Auswahl haben. Stell dir nur die Anzüge vor, die sie dort tragen. Dann mußt du dich deines Alters auch nicht schämen.

ISOLDE: Mich juckt es schon beim bloßen Hören unter dem teuren Stoff, aus dem ich gemacht bin.

CLAUDIA: Also schauen wir, aus welcher Trevirasorte uns die Herren mit Tagesfreizeit entgegenblicken und wie sie zugeschnitten sind.

ISOLDE: Du hast gut lachen. Deine Körperwohnung paßt dir noch halbwegs.

CLAUDIA: Das Tier hat gesagt, was ihm in erster Linie wichtig ist: aufgeschlossen sein!

ISOLDE: Bei mir brauchen sie keinen Nachschlüssel. Sie klopfen an und fallen herein, weil die Tür offen ist. Allerdings herrscht in vielen Organen schon Unklarheit.

CLAUDIA: Alter zwecklos. Einfach zum Verwöhnen.

ISOLDE: Wir haben von dem Lebewesen aber verlangt, daß es hundertprozentige Diskretion garantiert. Nicht daß wir das Geschöpf dann in unserer Lebensweise plötzlich wiedertreffen! Das wäre peinlich wie Ungeziefer im Zwickel des Gefühls.

CLAUDIA: Ach was. Wir können ruhig unsere Lebensweise weitersingen.

ISOLDE: Ich will keine verschlossene Natur mehr sein. Ich will verschmutzt werden! Ich will auf dem Nest eines schnellen Bodenbrüters laut schreien!

CLAUDIA: Ich habe mir gedacht, mein Arsch und meine Schenkel gewähren jede Menge Stretch-Einheiten zum Abtasten.

ISOLDE: Das eine Tier soll ein Gentleman aus Murau sein, der auf Tagesausflüge steht. Und mehr als einen Tag haben wir nicht Zeit. Eine halbe Stunde. Höchstens!

CLAUDIA: Das andere Tier soll ebenfalls ein eleganter Mann sein. Er wird mir beichten, wie weit er vom Stapel seiner aufgestauten Wünsche gelassen werden möchte.

ISOLDE: Und du erliegst seinem Trieb.

CLAUDIA: Sag ja deinen Namen nicht, Isolde. Du bist immer so vorschnell.

ISOLDE: Ich sage, was ich mir ausgedacht habe: Mein Körper ist ein Stall für ihn. Wenn ich die Tür aufmache, taucht er auf und will an die Kette gelegt werden. Wenn ein Tier einmal ins Laufen gerät, dann rennen alle anderen gleich mit. Auch wenn sie noch nicht gerochen haben, was sie vernichten will. *Die Schnauze eines dicken Mercedes schiebt sich gegen das Glas. Zwei Männer, ein älterer, ein jüngerer, steigen aus. Sie sind perfekt als Niki Lauda und Alberto Tomba zurechtgemacht, also ebenfalls extrem scharfe Sportbekleidung, die auch bei ihnen nicht so recht zum Körperbau paßt. Sie tragen ein Rennrad, von dem ein Reifen fehlt, und einen Sack Golfschläger. Sie sind mit Gepäck beladen und kommen mühsam herein.*

HERBERT: Wart ihr schon am Klo? Hier bleiben wir nicht, das steht fest. Von hier aus sieht man die Natur nicht.

CLAUDIA: Setz dich, Schatz! Nein, wir werden erst in einer Viertelstunde aufs Klo gehen.

HERBERT: Aber ihr hattet es doch so eilig. Ausgerechnet hier hattet ihr es eilig auszutreten.

KURT: Was müssen das für Menschen sein, die sich hier entladen haben! Dort hat jemand auf den Boden gekotzt.

HERBERT: Und hier liegt etwas auf dem Boden, das aussieht wie Körperhaar, das einer verloren hat.

KURT: Da läßt man jahrelang nur den Sport zu sich in den Körper hinein, damit er dort eine Ausscheidung gegen sich selbst gewinnt, und prompt wird man von den Ausscheidungen anderer belästigt.

HERBERT: Ich fordere mich heraus, weil ich schneller sein will als mein Körper. Und dann taucht hier menschlicher Auswurf auf, wirft ein paar Körbe, bleibt kleben: Säcke, die vor mich gehängt sind. Aber sie spornen mich nicht an.

KURT: Wir trinken etwas, und dann fahren wir gleich weiter.

CLAUDIA: Ich habe aber Hunger.

HERBERT: Du wirst doch hier nichts essen wollen. Es genügt schon, daß uns zur Zeit mindestens fünf Leute das Auto stehlen oder uns mit ihren schlechterzogenen Salmonellen infizieren wollen. *Die Männer spähen in der Folge abwechselnd hinaus, setzen sich wieder.*

KURT: Verfall und finanzielles Ungeschick verführen die Menschen dazu, mit ihren Angelegenheiten hinauszutreten vor die Welt. An solchen Orten finden sie sich zusammen, um uns mit halbzugeknöpften Kleidern stehenzulassen.

HERBERT: Bevor wir sie wieder in ihre Löcher zurückschikken, sollten wir sie einmal ordentlich verschlagen, diese Bälle ohne ein Ziel.

KURT: Da rennen sie wie von selber, aber nicht zu Fuß! Sie sind mit allerlei langweiligen Nächten verziert.

CLAUDIA: Reg dich nicht auf!

KURT: Na dich möchte ich sehen, wenn das Auto weg ist!

HERBERT: Im Prinzip ist es doch so: Wir suchen die Wahrheit und wollen aus uns herausgehen, haben wir sie gefunden. Und die Armen wollen dauernd zu uns herein.

KURT: Aber sie ermatten sofort, wenn sie sehen, welche Preise wir uns zumessen.

HERBERT: Dieser Dreck überall, mit dem sie sogar ihre Eßtische decken.

KURT: In der Wirtschaft haben sie nur die Aussicht durchs Klarsicht-Fenster im Kuvert.

CLAUDIA: Kurt, wo redest du hin?

HERBERT: Müssen wir wirklich hierbleiben?

CLAUDIA: Nur bis wir uns ausgeruht haben.

KURT: Ausgerechnet hier? Ich höre schon, was für Ausreden sie haben, wenn sie das Auto klauen: Uns hat es nicht so gut gepaßt wie ihnen! Es hat um unsere Brust so gespannt!

HERBERT: Hier wird man ohnedies nicht bedient.

KURT: Die Leute draußen auf dem Parkplatz haben mich vorhin wie mit Frauenaugen angeschaut. Als ob sie etwas zu geben hätten. Da polstern wir ihnen ihr Bett mit Krediten aus, aber sie tun nichts als sich das Leintuch wieder hart machen, indem sie, ohne sich wirklich angespannt zu haben, drei-, viermal hintereinander abspritzen.

ISOLDE: Kurt, du hast hier nicht dein Zuhause!

KURT: Zum Glück nicht.

CLAUDIA: Statt die Raten zu zahlen, schaffen sie sich einen Fernsehapparat an, damit sie sich als ähnliche Gesichter aus ihren Kindern hervorbrechen sehen können. Schulen. Kirchen. Spitäler.

ISOLDE: Wo sind die einfachen Vergnügungen?

KURT: Na, dann viel Vergnügen!

Plötzlich wird grell das Licht eingeschaltet. Obszöne Neon-Nackte in allen Farbschattierungen und Stellungen stroboskopieren. Plakate, überdimensional große Poster von Titelseiten von Pornomagazinen werden hochgezogen wie Fronleichnams-Fahnen in der Kirche. Auch Sandwich-Männer können damit herumgehen etc. Unser Quartett tut so, als merkte es von all dem nichts.

CLAUDIA: Es müssen hier die Quellen von Fadingen in der Nähe sein, glaube ich. Es ist ja fast unmöglich, ein stilles Mineralwasser zu bekommen, weil die Menschen immer ins Blaue hinein toben wollen. Deshalb verpuffen sie auch so schnell.

ISOLDE: Es müßte von hier aus auch das Gipfelkreuz vom Hornjoch zu sehen sein. *Sie springt, wie die Männer, auf und späht hinaus.*

CLAUDIA: Es ist zu neblig.

KURT: Ich finde, diese Landschaft sieht aus, als wäre sie von den Menschen im Stich gelassen worden. Man hört sie hinter den Wänden klopfen, die Menschen. Sie wollen ein neues Auto, um wieder ins Freie zu kommen, weil die kaputte Natur ausgerechnet sie zu Hilfe ruft.

HERBERT: Menschen, die nur auf einen festen Hieb hin anspringen.

KURT: Das finde ich auch.

HERBERT: Auch wir hätten an der Zerstörung der Natur mitgewirkt haben können, doch wir waren zum Glück mit dem Autoreisezug verreist.

KURT: Warum so selten ein Buch lesen? Warum so selten Rotwein trinken?

ISOLDE: Wir können später einen Spaziergang gemacht haben.

Alle beschäftigen sich intensiv damit, mit Papiertaschentüchern Tisch und Sitze zu reinigen.

HERBERT: Daß man sich von Menschen immer abwischen muß! Warum bleiben sie nicht in sich?

KURT: Sie könnten, wie Frauen auch, durch reizvolle Wäsche vielleicht gewinnen.

HERBERT: Ich kann nur für mich sprechen, aber gestern sind Claudia und ich gemeinsam bei uns zu Besuch gewesen.

CLAUDIA: Das stimmt. Sogar bis die Besuchszeit zuende war! Dann ist unsere Zeit abgesessen gewesen.

KURT: Laßt bitte einen allgemein verständlichen Hilfelaut über die Lippen kommen, wenn uns jemand das Auto zu stehlen versucht!

Er späht hinaus, setzt sich wieder.

ISOLDE: Herbert und Claudia, hört zu, eure Redensarten strotzen wie mit einem Goldrand. Das fällt mir jetzt erst auf, da ihr eure Tassen in aller Öffentlichkeit zum Mund führt.

KURT *setzt sich wieder*: Nein, falscher Alarm. Sie hocken immer noch, wie zu früh Gestorbene, neben ihren überladenen Fahrzeugen am Eingang herum, an dem sie sich reiben wie Katzen, daß einer sie hereinläßt. Wollen nur ihre Flaschen an der Wasserleitung füllen. Diese Fremden. Possierlich wie Tiere, so drängen sie sich an uns. Während die Einheimischen mit allen Mitteln in die Fremde trachten.

ISOLDE: Müssen wir nicht langsam wohin, Claudia?

CLAUDIA schaut auf die Uhr: Bald Isolde! Zuerst auf die Karte schauen, was wir auswählen.

KURT: Was ist eigentlich Haß? Was ist Liebe? Sie haben dieses Land größer gemacht als andere. Weil hier Menschen so viel aus sich herausgeholt haben. Um anderen mit Mozart und dessen Unrat, den sie aus Plastik nachgebaut haben, einzuheizen.

HERBERT: Ja. Sie haben Menschen eingeheizt.

KURT: Eine schöne Bescherung!

ISOLDE: Wir werden uns später etwas kaufen gehen, Kurt.

KURT: Was willst du dir hier kaufen? Das Beste, die wunderbare Aussicht auf das Ruprechtskreuz, ist von nichts als der Natur angezettelt worden.

CLAUDIA: Aber vielleicht finden wir draußen einen netten Kontakt, in den wir die Finger stecken können?

ISOLDE: Der uns endlich zum Leuchten bringt.

KURT: Was hier leuchtet, ist höchstens der Widerschein vom Fernsehen, jeden Augenblick ein erregtes Bild.

HERBERT: Dort das Fernsehzimmer, für den Fall daß es regnet. *Er weist auf ein Pornoplakat*. Beim Herrgottswinkel, wo Jesus seine Jugend verbringt und sich langweilt.

KURT: Jedem das Sportgerät, für das er gebaut ist. Was früher Gott war, sind jetzt die Stars, deren Leistungen in allen Kanälen ungenutzt abrinnen. Auf uns wartet niemand unverhüllt.

HERBERT: Ja. Des Menschen Auswurf hängt vor der Röhre, die ihm sein Bild vergrößert.

ISOLDE: Kurt, du bist lange nicht mehr bei mir gewesen, um

mir Grund zur Zufriedenheit zu geben. Hast du es dir überlegt?

KURT: Du bist wohl nicht ganz bei dir! Ist dir nicht auch schon aufgefallen, Herbert, daß die Frauen dauernd aus dem Schlamm ihrer großen festen Gefühle herausgezogen werden wollen? Und das ausgerechnet von uns! Sie haben sich ausgerechnet, wieviel wir uns ihre Gefühle kosten lassen.

HERBERT: Finde ich auch. Bleiben wir ruhig. *Man hört Summen wie von einem Bienenschwarm. Alle lauschen eine Weile. Die Bienen werden rasch zorniger und zorniger.* Hören wir nicht auf die Summe der Unruhigen! Tiere!

KURT: Draußen ist der Teufel los. Menschen wie wir erregen keinen Anstoß.

HERBERT: Ja. Anstoß. Und der Ball, von vielen Getretenen getreten, fliegt ins Tor.

CLAUDIA: Könnte ich heute abend vielleicht etwas Verständnis bei dir finden, Herbert?

HERBERT: Humoresk! Ehrlich! Claudia! Du willst wohl verjubelt werden, und dann hast du nichts mehr von dir! Aber bei mir macht selbst das Kleingeld noch Mist.

KURT: Ja, bei mir auch! Wie weichgespülte Wäsche auf dem Teppich.

HERBERT: Warum bin ich so hart, Claudia?

CLAUDIA: Es ist mir nicht aufgefallen, daß du hart geworden bist.

Bienengesumm.

ISOLDE: Schau – *sie weist auf das Porno-Plakat* –, ist das diese Sportlerin? Die sich gedopt haben soll, wie heißt sie nur, egal, jedenfalls ist ihre ganze gefälschte Leistung als fettiger Glanz auf ihrer Oberfläche abgebildet.

CLAUDIA: Sie hat ein Nichts aus Plastik zwischen ihren Beinen, man sieht es kaum. Wahrscheinlich kennt sie keine Tabus außer denen, die die Medizin ihr als Zaun vor ihre Besitzungen gesetzt hat. Oh wären wir doch auch so einfach! Substanzen einnehmen, Subjekte absondern, wie fein!

HERBERT: Du kannst nicht so sein wollen, Claudia!

ISOLDE: Doch. Claudia will genau so sein.

HERBERT: Frisch gepreßt oder wie frisch gepreßt.

CLAUDIA *weist auf das Porno-Plakat, die Bienen summen*: Auf dem Plakat steht, die Leistung dieser Gegend ist neben dem Gipfelkreuz ein mehrere Kilometer langer künstlicher See, der täglich Strom absondert.

HERBERT: Lebhaftes Vergnügen! Ohne Leistung geht es nicht. Da geht zuviel Natur verloren. Selbst wenn wir zart nach unserem Partner greifen.

KURT: Er greift ja aus dem Dickicht seiner Haare auch immer wieder nach uns! Das muß einfach honoriert werden.

CLAUDIA: Mit gierigen Verteilerfingern greift der Partner nach uns, bis unser Motor bis zur Mortalität hochgejagt ist. So sehr brauche ich Herbert, und so braucht Herbert mich.

HERBERT: Wann können wir endlich etwas bestellen?

Bienengesumm.

KURT: Dieses Geräusch klingt erregt. Mir kommt dabei vor, als hätte ich schon einmal zerstreut ins Bodenlose einer Person geblickt. Das war in einem Schwimmbad in bezug auf eine Badenixe. Hatte die eine freche Hosenhaut!

HERBERT: Ja, eine feste Burg ist unser Hormonhaushalt. Es ist so viel auf ihm aufgebaut.

CLAUDIA: Eine unbequeme Stellung erwartete mich nicht gerade, wenn du mein Chef wärst, Herbert.

ISOLDE: Und auch du bist nie unterwegs, um dich zu riskieren, Kurt! Warum bist du nie unterwegs? Oder streichst wenigstens ab und zu meine Nervensäge?

KURT: Dafür hast du eine Creme, die dir mehr schmeichelt, als ich es je könnte.

CLAUDIA: Aber in mir ist etwas, das unter der Tagespflege herauskommen möchte.

HERBERT: Dafür hast du deine Rückhand verbessert. Nur wenn man dich Tennisspielen sieht, fällt einem auf, wieviel von dir existiert.

CLAUDIA: Und wie schnell es von mir wieder wegkommen

möchte. Ja, Herbert, der Sport ist schwieriger als du, weil man vorher Regeln auswendig lernen muß.

KURT: Nimm dir ein Beispiel, Isolde, du mit deiner klassischen Musik! Unter deinem Haarlack bist du steif wie eine zugeknöpfte Motorhaube. Das mußt du dir abgewöhnen.

HERBERT: Die Fadingerquelle soll ja ein Jungbrunnen sein, selbst für schwierige Fälle. *Summen.*

ISOLDE: Manchmal träume ich, daß mich eine Tonne Spray anfällt.

CLAUDIA: Was mich betrifft, soviel Zartheit wie ich brauche gibt es in keinem Präparat. Warum bist zum Beispiel du nicht zart zu mir, Herbert?

HERBERT: Ja bin ich denn die Möglichkeit?

KURT: Immer erwartet ihr, daß ihr von anderen Menschen zum Klingen gebracht werdet.

HERBERT: Man kann euch noch soviel zusammenpressen und wieder auseinanderziehen, die Luft fährt hinein und hinaus, aber es kommt kein Ton. Nur euer Atem ist zu hören.

KURT: Wunderbare Gegend hier! Die hätte uns etwas sagen können.

HERBERT: Herrliche dunkle Wälder. Wochenlang kann man hier nach einem Menschen schreien, von dem man einen Schluck nehmen will.

ISOLDE: Wäre es nicht nett, Kurt, ein Organ zu haben, das in der Größe für zwei geeignet ist?

KURT: Ja, die Orgel in der alten Pfarrkirche. In dem Prospekt hier steht, daß auch der See zufriert.

ISOLDE: Du, ich bin ernst gemeint!

HERBERT: Nicht einmal in die Sauna kann man hier gehen, ohne daß einen gemischte Blicke einstufen. Claudia, du bist verschlagen wie ein Ball, daß du hier parken wolltest.

ISOLDE: Kurt, suche ich dich in einem getäfelten Zimmer, so bist du nie da. Ich hinterher, greife zu, nichts. Ich bin ganz weg. Was schlummert in mir und ist zu spät aufgestanden? Es ist mein Körper, den ich mitführe, nur damit er kurz angebunden wird wie ein Hund.

CLAUDIA: Ja, das ist mir auch schon passiert. Der Körper hebt den Kopf, aber dann schaut er in eine ganz andere Richtung.

HERBERT: Wollen wir uns nicht einmal gehenlassen? Dorthin, wo wir bewegt sein können?

CLAUDIA: Sport! Ebensolcher Sport! Da finden sich die Gesinnten und die Besonnenen zusammen, ich meine eigentlich die Besonnten.

KURT: Fährst du heuer im Sommer auch Rallye? Jetzt können wir uns endlich halb vergessenen Völkern angedeihen lassen.

HERBERT: Jetzt ist der Eiserne Vorhang weg. Ist das nicht ein Grund zum Feiern? Wir müssen schauen, daß wir in Rußland genug bleifreies Benzin bekommen.

ISOLDE: Ich möchte an mir nicht beobachten müssen, wie ein reiferes Semester durchfällt. Ich möchte, daß sahnig aufgeworfene Lippen aus mir ausbrechen.

KURT: Deine Worte leuchten, das ist Wahnsinn.

ISOLDE: Und du bist zur alleinigen Entnahme berechtigt, Kurt.

KURT: Alpenflora ist, was uns bleibt.

CLAUDIA: Also ich geh jetzt hinaus. Kannst du mir einen Saft bestellen, Herbert? Solange ich weg bin, bemühen sich die Säfte ja nicht von sich aus.

HERBERT: Ich denke manchmal, niemand kommt klüger aus einem anderen Menschen heraus, denn er hat die Augen die ganze Zeit geschlossen gehabt.

KURT: Ein langer Gang. Fremde sind mit Kulturbeuteln gekommen, öffnen sich jedem Beliebigen. Wie schmutzige Morgenmäntel. Ekelhaft. Das kannst du nicht wollen, Isolde!

CLAUDIA: Schön haben wirs in uns, richtig gemütlich. Kommst du jetzt, Isolde, besser gesagt: «Emma»? *Beide schauen auf die Uhren, stehen auf, packen Kulturbeutel aus.*

ISOLDE: Man hat dem Körper gegenüber Pflichten, Claudia, ich meine «Karin»!

CLAUDIA: Ja. Der Schrecken, der im Körper herrscht, weil man ja nicht in ihn hineinsehen kann, wird von der Dunkelheit draußen noch verschlimmert.

ISOLDE: Man sieht außer sich nichts. Aber nach einer Schrecksekunde erhellt sich der Schirm, und wir können in unser Unterhaltungsprogramm hineinsehen.

CLAUDIA: Da haben wir Frauen aber etwas Schönes angerichtet!

Sie geben einander pantomimisch Zeichen. Bienengesumm sehr laut.

ISOLDE *fast unverständlich*: Wir müssen jetzt einmal dorthin gehen, wo der Zimmermann die Axt gelassen hat.

CLAUDIA: Ja. Wer zum Schmerz nein sagt, sagt zu sich selbst nein. Das ist mit einem fröhlichen Gruß in dem Inserat gestanden.

Die Frauen gehen hinaus. Das Summen schlagartig aus. Man sieht im Hintergrund die Kasse mit dem Verkaufsstand. Die Frauen bleiben stehen, sondieren das Angebot, kaufen ein T-Shirt, etc., man sieht sie durch die Glastüren. Eine kleine Show läuft völlig lautlos ab. Billiges Fernsehballett, alles nur durch die Glastüren zu sehen. Frauen werden hochgehoben und dann fallengelassen. Ein Sänger singt unhörbar in ein Mikro, etc.

Vordergrund: Der Kellner kommt nachlässig gekleidet zum Tisch und beugt sich über Herbert und Kurt, die allein zurückgeblieben sind.

KELLNER: Sie wünschen von mir?

HERBERT UND KURT *gemeinsam*: Spaß mit unsren Lang- und Kurzlaufschiern haben wir heute schon gehabt.

KELLNER: Infolge Ihrer Nachgiebigkeit könnten diese Frauen Ihnen davonlaufen, bevor Sie sich einmal umgedreht haben. Bringen Sie ein richtiges Wort rechtzeitig heraus!

HERBERT: Die gehen mit keinem Fremden mit.

KURT: Die denken jetzt eine Weile nach, unter welchem Überzug ihr Körper nicht den Halt verliert. Daher kaufen sie T-Shirts.

HERBERT: Sie kaufen. Unter ihren Laufflächen gedeihen erregt die Blumen. Das hält dann wieder ein paar Monate vor.

KURT: Denn die Natur muß es erst verkraften, daß wir auf ihr als Gruppe aufgetreten sind.

HERBERT: Ja, unser Leben ist das eigenste, das wir gewählt haben.

KELLNER: Ja, aber Gott hat Sie hineingelegt, als er Ihr Wesen als giftigen Keim in Ihr Glas eingelegt hat. Prost! Schon wollen Sie wieder fort, stimmts? Im Fernsehen und in der Zeitung gespiegelt, macht die Zeit mehr Spaß. Stück für Stück sorgen Sie für sich, indem Sie Menschen wie Möbel um sich herum lagern lassen. Sie wollen diese Frauen möglichst rasch wieder loswerden, wie die Zeit, der Sie ja auch auf Ihren Schiern zu entfliehen wünschen.

HERBERT: Wir mieten lieber einen neuen Menschen in einem Kleid. Mit nichts drunter. Die Gesichter der schönsten mehrgängigen Foto-Modelle wechseln rascher als ein Spuk, der einem das Leintuch vor die Füße wirft.

KELLNER: Wenn Sie sich einen Augenblick umschauen: Ihre Frauen posaunen das Geschlecht, das sie erhalten haben, gerade lauthals heraus. Sie verwüsten ihre Brötchen. Der größte Hunger herrscht, wenn alle satt sind. Ich erinnere Sie: Nicht nur das Wild ist wild. Jeder Augenschein weicht aus den glänzenden Radlerhosen, die nach lebenden Menschen treten. Es wird gleich Nacht, wo wir besessen werden. Was für ein Stoff, der unser Glied lieb aufnehmen würde! In der Sportbekleidung ist wenig Platz für Lebensgenuß. Gleichzeitig ist der Sport das einzige Glied, durch das wir bewegt werden. Frauen ziehen sich aus! Ein Haufen Plastiksprengstoff, der uns zwischen fremde Schenkel treibt. Ja, die großartige Form einer Frau kann durch den Sport nur gewinnen! Sie wird nachgezeichnet von den ungeübten kleinen Händen künstlicher Moleküle. Sie wird beinahe spannend wie ein Trikot. Darunter die Sparbüchse einer attraktiven Sekretärin, die unseren Sekreten den Schlitz aufhält, bis in ihrer weichen Ware endlich der Groschen fällt. So machen sies doch immer! Schauen Sie!

Weiße rundliche Wege, auf denen Ihnen, kaum haben Sie sie betreten, schon andere Frischhalteboxer entgegen tänzeln. Gehen Sie weiter! Anders als in der Natur, wo Tiere uns ja fliehen, suchen wir das Tier im anderen ständig aus und auf. Diese Frauen! Die haben die Einsamkeit nicht gern, weil sie dann die Zeitbombe in sich allzu laut ticken hören müssen. Bald bleibt nichts von ihnen übrig außer der Kleidung, die elastischer ist als die Zeit. Sie gehen jetzt! Schauen Sie!

KURT: Wir sehen dem gelassen entgegen. Jugendlichen Wahnsinn kennen sie nicht mehr.

HERBERT: Ja, das kann man von Claudia und Isolde sagen. Das Haar steht hoch auf ihren heißen Hauben. Wir sind mit ihnen versorgt.

KELLNER: Sie sollten nur mal sehen, wie Ihre Damen sich jetzt selbst vorauseilen! Damit ihnen von Fremden ein lehrsames Unterhaltungsprogramm eingeführt werden kann, eine Bombe, die fast schon radioaktiv ist, so aktiv ist sie. Diese Frauen sind ja kaum da, aber kommen wollen sie immer! Alter zwecklos. Aussehen egal.

HERBERT: Mit diesem Reden bringen Sie uns nicht in Gefahr mitgerissen zu werden.

KURT: Was Isolde betrifft: ausgeschlossen! Sie ist mit der Abdeckplatte meines Kontos gegen unbefugtes Betreten gesichert. Daher kommen wir beide scheinbar mühelos.

HERBERT: Der bescheidene See zwischen ihren Schenkeln, den Claudia mit Elastan jahrelang mühsam aufgestaut hat, reicht ja kaum für uns beide. Fische haben da nicht viel zu trinken. Überhaupt sind Claudia und Isolde so zahm geworden, daß sie sogar Obst noch von der Leine essen würden.

KURT: Kann mir nicht vorstellen, daß sie plötzlich ein Schnellboot brauchen, nur um aus sich auszusteigen. Wo man doch in ihnen fast stehen kann, so seicht ist es.

KELLNER: Wollen wir wetten?

KURT: Sind wir doch starkgebaute Zivilfahrzeuge. Das

glaubt uns jeder, der unser Auto sieht, auch die Polizei beim äußersten Einsatz.

HERBERT: Wir glauben Ihrer kurzen obergescheiten Rede nicht, Herr Ober.

KELLNER: Sie meinen wohl, daß Ihr Weißer Riese sie gut geschrubbt hinterlassen hat?

HERBERT: So weit würde ich nicht gehen. Aber immerhin sind sie für uns ein beliebtes Ausflugsziel, wo man auch essen kann. Sie kochen, bis sie fertig sind. Keinen Augenblick länger.

KELLNER: Ich denke, wenn Sie es einmal bei nicht zugezogenen Vorhängen trieben, hätten Sie glatt eine Panne. Bei anderen Frauen lassen Sie Ihre Majonnäse schon einmal ins Offene fallen: eventuell ein Hoserl unterm Trenchcoat, ein BH, aber die bleiben nie lang, was? Das ist ja das Wesen des Ausflugs, daß er nicht lange anhält, höchstens bis zur Sportschau.

KURT: Bitte, ich bin ja nicht so. Ich will meinen Fingerling gern zutraulicher machen, aber nicht gerade bei unseren Frauen, die ihn jahrelang erzogen haben. Da benimmt er sich und nickt beifällig.

HERBERT: Wir stellen schon einmal Ansprüche auf die Beine, wenn es sein muß. Normalfranzösisch, Altgriechisch. Ich lade überall gern meinen Hosenmüll ab, der hier und dort noch ganz ordentlich gesprenkelt ist mit Menschenmaterial, das im Entstehen begriffen ist. Ja, aus diesem Material sind schon Weltmeister gemacht worden! Wir haben das Zeug dazu!

KURT: Genau wie Herbert sagt. Wir haben es in uns. Von einfachen Augen lassen wir uns nicht einfach abweisen.

HERBERT: Wir wandern glatt durch sie hindurch wie Essen.

Es geht jemand vorbei und stiehlt achtlos, wie nebenbei, das halbe Fahrrad. Keiner merkt etwas.

KELLNER: Wenn Sie sich Ihren Frauen verkleidet näherten, meine Herren, würden die es sogar mit Ihnen noch treiben!

HERBERT: Möglich, aber nicht aktuell. Unmöglich. Mit der freien Hand nicht zu erfassen.

KURT: Sie haben Strapsträgerinnen als Konkurrenz. Wissen sie und verhalten sich still.

HERBERT: Kommen nur durch uns von Sinnen. Und auch wir haben unsere Sinne nicht gestohlen, wir haben schwer dafür gearbeitet, daß jetzt sie arbeiten können.

KURT: Aber niemals!

KELLNER: Auch egal. Jetzt haben Sie in der Verpackung der Natur die Zeit angebrochen. Also müssen Sie sie auch aufessen. Alle Möglichkeiten erwachen jetzt in ihren Kassettenbetten, spielen mit ihren Gliedern und schnappen nach uns. Das Video zum Beispiel ist der imposanteste Vertreter aller menschlichen Vorstellungen, die wir je vor den Frauen geben und von den Frauen bekommen können: Applaus! Applaus! Sie sind doch anständige stille Wasser, meine Herren, aber Ihre Frauen wollen von Ihnen, daß Sie miteinander gleich einen ganzen See ergeben, bis die Gefühle Ihrer Frauen aufgestaut und Ihre Gefühle endgültig verstaucht sind. Sie können mir leidtun! Wie fest Sie stecken! Und die ganze Zeit diese knisternden Kau- und Kaufgeräusche! Diese Wut! Dabei hat nur jemand die Wasserleitung aufgedreht. Es spritzt hoch auf, das wollen die Frauen so. Was für ein Getue, wenn die Seele im Sturm ankommt. Na danke! Die haben wir noch gebraucht! Nein, Moment, das war sie ja noch gar nicht! Zuerst wird von Ihnen Lecken und Gewichstwerden verlangt. Oft spritzen Sie dabei schon einmal ab und werden geschimpft, weil Ihre Vorräte dabei gänzlich vernichtet wurden, hab ich recht?

HERBERT: Ich kann es schon gar nicht mehr zählen. Eine Diskussion ist die Strafe.

KURT: Mit der einzigen freien Hand, die ich habe, habe ich schon oft ein Gerät von Isolde in Betrieb nehmen müssen.

KELLNER: Vor der Tüchtigkeit der Frauen kann einem angst und bang werden. Immer gleich übers ganze Leben nachdenken, nie über die Gläser und Teller, mit denen sie geliefert sind. Ihre Frauen gehören eindeutig zu der Sorte, die aus ihrem Geschlecht ein derartiges Wesen macht, daß kein zweites neben ihm Platz hat.

HERBERT: Eigentlich haben sie uns immer recht gut begriffen. Daher brauchen wir von ihnen keinen rechten Begriff zu haben.

KURT: Es schlägt Isolde über dem Kopf zusammen, was sie alles tun möchte. Aber sie tut es nicht, weil sie lieber davon spricht.

HERBERT: Ja. Sie geben uns viele Worte, aber wir können uns nicht mit diesen Worten befreunden.

KURT: Sie sprechen, als müßten sie sich selber Stein für Stein abtragen.

Flotte Swinger jagen einander plötzlich durch den Raum, in verschiedenen Stadien des Ausgezogenseins. Ein Mann in Unterhosen, halb außer Atem, kaum verständlich: Da bietet man ihnen die schönste Aussicht auf mindestens dreiundzwanzig komma sieben Zentimeter, doch sie flüchten wie Kinder vor dem Prügel. Haben Kopfweh. Was da trotzdem geseufzt wird! Und immer sind Gräten drin. Und nie ist man drauf vorbereitet.

Einer aus der Gruppe klaut auch noch den Golfsack. Keiner merkt es.

KELLNER: Empfehle einige kleine Veränderungen: haben Sie Mut, einmal anders zu sein! Bereits falsche Bärte verändern die Stimmungen der Nachtschwärmer um mindestens einen halben Ton. Sie werden nicht wiedererkannt von den dummen Wesen, die sie seit Jahren in ihrem Loch zum Leben erwecken! Zeigen Sie es Ihren Frauen! Die werden zwar kurz wie ein Telegramm in der Küche vor ihren Gläsern und Gabeln wüten, doch dann werden sie brav alle Stellungen einnehmen, die die Natur für sie ausgeschrieben hat. Aber die werden schon besetzt sein, denn die Natur begünstigt die Jugend. Der kann sie das Erwachen beibringen, damit sie ins Popkonzert strömen kann.

HERBERT: Was macht man, wenn man als netter schlanker Großschwanz sofort erkannt wird? Es gibt Dinge, die kann man nicht verkleiden. Sie sind einfach zu gut ersichtlich.

KURT: An meinem winzigen Tanga könnte man mich ebenfalls zuverlässig erkennen.

KELLNER: Es kommt auf den Versuch an, sich fremd aussehen zu lassen. Da bedarf es nicht viel, denn Ihre Frauen haben Sie seit Jahren schon nicht näher angeschaut. Und wenn erst schrill die Stille in ihren Organen läutet, dann heben sie gewiß ab. Und zwar genau den Hörer, aus dem Ihre liebevolle Stimmung um sich greift. Es kann gut sein, daß Ihre stets gegenwärtige grauenvolle Erscheinung der Frau dann plötzlich fremd und neu oder wie neu geworden ist.

Am Nebentisch setzt sich ein angeheitertes Viererpaar, das schon fast ausgezogen ist. Sie lachen, man hört vielleicht nur Wortfetzen von dem, was sie sagen, denn es ertönt schmeichelnde Kaufhaus-Musik. Der Kellner beugt sich über Kurt und Herbert und legt ihnen die Karte vor, empfiehlt etwas, aber die beiden haben nur Augen für das Viererpaar am Nebentisch.

MANN 1: Wo habt ihr denn geparkt?

FRAU 2: Gleich neben dem Häusel. Besser wir können gleich hinein. Überall wo Menschengruppen sind, wird es bald eng.

MANN 1: Schau nur, daß du selber eng bist! Und überhaupt, ist deine große Klitoris, von der du mir im Auto erzählt hast, wirklich ein Venusgeschenk? Für mich bedeutet sie Arbeit und sonst nichts.

FRAU 2: Du fragst, als ob ich ein Tier bin. Das springt wenigstens auf einen festen Hieb hin an.

MANN 2: In meinen Körper sind die Extras schon eingebaut. Bei meinem Wagen habe ich sie etxra bezahlen müssen.

MANN 1: Extrem! Ich bin devot und suche getragene Damenslips und Feinstrumpfhosen der Marke Wollforte.

FRAU 1: Können gleich meine haben! *Zieht unter dem Tisch ihre Strumpfhose aus und überreicht sie dem Mann. Der riecht daran und wirft sie in den Papierkorb.*

MANN 1: Falsche Marke. Ist nicht aus Herkulan!

FRAU 2: Meinen Sie, ich soll meinem Mann wirklich eine Düse für seinen kleinen Trieb kaufen?

FRAU 1: Letztes Mal war ein Vertreter da, der hat erklärt, wie sie funktioniert. Ob du ihm eine Vakuum-Pumpe für seinen kleinen Penis kaufen sollst?

FRAU 2: Das jagt ihn schneller aus sich heraus als eine politische Betreffsendung im TV.

MANN 1: Es kommen immer wieder Frauen her, die bei Alt- und Mittelgriechisch nicht mitkommen, weil sie keine Fremdsprachen gelernt haben. Aber ich bin sofort weg, wenn niemand auf mein Klopfen hört, und zwar an jeder Tür, das sag ich euch. Dann seht ihr mich hinter Büschen verschwinden. Ich bin nur für alles zu haben, nicht für eine Auswahl. Außerdem: bei einer Auswahl wärt ihr schon gar nicht dabei.

FRAU 2 *zu Frau 1*: Die Größe und Standfestigkeit seines Penis sind nicht optimal. Man schaut in die Röhre und fragt sich, ist sie nun geladen oder nicht?

FRAU 1: Ich fürchte, die Handhabung von dem Apparatschik ist nicht ganz ungefährlich.

FRAU 2: Wie alles, was man nur ungefähr kann.

FRAU 1 *zu Mann 1*: Da muß ich Sie gleich enttäuschen. Griechisch kommt mir nicht in meine Tüte. Ich bin mehr für Selfmade-Spiele.

MANN 2: Was brauchen Sie dann uns? Ich suche eine Frau, die nicht dauernd laut klopft oder ruft, ob wer da ist, wenn ich mit meinem Kerli einmal ordentlich arbeiten möchte. Sie soll meinen Kleinen lieben. Die Erwachsenen sollen ihm aber Vorwürfe machen, weil er dreckig geworden ist. *Er holt aus seiner Aktentasche eine Windelhose und einen hellblauen Baby-Strampelanzug, eine Extragröße natürlich. Er zieht ihn mühsam über seine Jockey-Unterhose.* Sie sind das übrigens nicht, die auf dem Foto draufgewesen ist!

FRAU 1: Das war meine Schwester. Die kann heute nicht, die hat schon was vor.

MANN 2: Ihre Schwester hätte mir aber besser gefallen. Ich habe sie im Traum schon als meine Mutter gesehen.

FRAU 1: Ich hätte aber eine Mitfahrgelegenheit anzubieten.

MANN 2: Mit Ihnen würde ich nicht einmal fahren wollen.

FRAU 2: Mich dürften Sie nur unter einer dünnen Regenhaut

benüzten, unter der Ihr partnerloses Glied zittert wie vor der Kälte der Partei, die Sie wahrscheinlich seit Jahren als einziges gewählt haben! So!

MANN 1: Das Kind ist die einzige erotische Konkurrenz der Frau. Sie haben also recht, Kind sein zu wollen. Aber nicht bei mir!

MANN 2: Ich habe es satt, nach nur einmal Spritzen aufzuhören. Das Kind kreischt, wenn es auf den Spieß eines Geschlechts kommt. Ich freue mich schon so darauf!

MANN 1: Warten Sie nur, bis ich die Gewalt über meine Ausscheidungen nicht mehr behalten kann, obwohl ich nur in der Regionalliga antrete.

FRAU 2: Aber ich habe Fotos und Videos, für die ein eigenes Nest vorhanden ist.

MANN 1: Zeigen Sie her, wie Sie auf einem Foto ausschauen! Dann werden wir ja sehen, ob die Wirklichkeit damit Schritt halten kann.

Die Gruppe steckt die Köpfe zusammen und schaut sich Fotos an, ab und zu halten sie ein Dia gegens Licht. Der Säuglings-Mann ist fertig und probiert im Strampler seinen Körper aus wie ein Jogger. Sie flüstern noch kurz miteinander, dann stehen sie auf und gehen miteinander hinaus.

KELLNER: Haben Sie das gehört? Wie schmiegsam sie sich zu Freizeit gestalten? Ihre Frauen dagegen können schon eine unvorteilhafte Frisur wochenlang nicht vergessen, stimmts?

HERBERT: Sie meinen, das Fleisch muß jeden Tag aufstehen?

KURT: Sie meinen, man kann sich in einem fremden Körper wie ein Gott fühlen? Man kann die Tür zu einem Zimmer eintreten, in das man nicht darf? Und der Körper geht dann besser aus als beim letzten Mal, oder er geht überhaupt nicht aus, weil er zu müde ist?

KELLNER: Verlieren Sie jetzt nicht unnötig Lebenszeit! Ihre Extraleicht-Elastanhosen, mit denen Sie aufs Rad geflochten waren, werden von Ihnen abbröckeln! Das hat die Natur auch mit Ihrem Gesicht vor! Und das Nichts aus Elastik zwischen den Beinen Ihrer Frauen? Nichts wie weg! Zweihundert wenige Schilling plus eine Flasche Mädi- oder Bübchensekt, die werden Sie doch noch aufbringen können. Unser Parkplatz wird Sie in Kürze in völlig neue Zusammenhänge bringen. Widmen Sie Trauer dem Andenken Ihres Wagens, aber nicht zu lang!

KURT: Was meinen Sie mit Andenken?

KELLNER: Draußen erhältlich.

HERBERT: Probieren wir es. Wir fürchten aber, Profis werden abgelehnt.

KURT: Wir wollen aber keine Experimente mit unserem Ventil, die können auch schiefgehen. Wollen wir nicht zuerst eine Anprobe machen, ob dabei vorn etwas herauskommt?

KELLNER: Das ist der rechte Geist, aus dem viele bedeutende Gewesene auch gemacht waren. Gehen Sie jetzt hinaus zu unserem Erfrischungsprogramm, meine Herren! Sympathie ist alles. Sie ist nicht durch ein banales Analspiel zu ersetzen, merken Sie sich das!

Er schüttet schwungvoll Essen auf den Tisch, dann schüttet er in hohem Bogen einen gelben Strahl darauf und geht.

Die beiden Männer Kurt und Herbert beugen sich über die Tischplatte und schlabbern das Essen auf.

KURT: Da haben wir aber eine Fahrkarte gekauft! Herbert, deine Kleinbahn führt dich in eine Frau, und auf einmal ereignet die sich, noch bevor sich dein Signal gehoben hat! Das sind wir doch gar nicht mehr gewöhnt! Ihre Stille tobt, und dann, wie es bei Frauen so ist, spricht sie von ihren Hobbies, die angeblich den deinen total entsprechen: Sport. Kultur. Kunst. Aber ihre Möse will einfach nicht anspringen. Sie ist abgesoffen. Pech.

HERBERT: Kenn ich alles. Auf einmal ruft sie, während ihr Fett noch auf meinem Docht brutzelt, meinen Namen! Sie hat zwei Tage zuvor zu lieben angefangen und mir nichts davon gesagt.

KURT: Frauen bringen einfach nur das Eigene zustande.

HERBERT: Und das halten sie für gewichtig. Weil Menschen aus ihnen werden.

KURT: Die Natur braucht halt viel Feuchtigkeit. *Einer geht vorbei und klaut, wie beiläufig, auch das restliche Reisegepäck. Es wird nicht auf ihn geachtet.*

KURT: Ich mache das schon so viele Jahre. Immer wieder tritt Isolde in ein finstres Dorf, das sie mir vorher stundenlang beschrieben hat. Eine Wohnungstür wird aufgesperrt. Isolde bleibt starr an der Wand stehen. Nimmt meine Waffe nicht. Unangenehm. Wie ein Kellner, der sich plötzlich über dich übergibt.

HERBERT: Wie sie in der Dunkelheit über dich herfallen! Uns gibt wenigstens unser Wagen das Maß für uns selbst.

KURT: Der Wagen ist maßstäblich für das, was wir sind. *Springt auf, späht hinaus, setzt sich wieder.*

HERBERT: Er ist maßstäblich groß. Ist er noch da?

KURT: Ja. Oder am Waschtag. Sie läßt die Haushälterin meine Wäsche nicht waschen, das macht sie selber. Ein Liebesbeweis. Ich höre immer ihre Rufe, ob etwas weiß oder bunt ist. Nicht einmal das sieht sie ohne Gebrauchsanweisung. Aber mein Innerstes glaubt sie zu kennen.

HERBERT: Und wenn wir in die dunkle Stille der Sinne hineingehen, merken wir, daß diese unangenehm laut werden können.

KURT: In einem Hotelzimmer hat eine Frau mir einmal auf englisch gesagt, daß nicht ich es gewesen sein konnte, der die Nacht mit einem Schrei durchbrochen hatte.

HERBERT: Es wird langsam Zeit, daß ein Unterleib sich um uns biegt wie ein Ungeborenes.

KURT: Als ob unsere Übertretungen irgendwo aufgeschrieben würden. Wir können uns ja selbst kaum glauben!

HERBERT: Da sind schon wieder Nina und Barbara, die ich aus dem Fitneßzentrum kenne. Zwischen ihnen und mir hat sich seit zwei Jahren schon Stille ereignet, weil wir immer den Umweg über den Sport genommen haben und ausgepumpt worden sind.

Jetzt der große Auftritt der Tiere: Zwei riesige Tiermänner kommen herein, wie Totems, alle starren sie an. Nur Kurt und Herbert spähen weiterhin auf den Parkplatz hinaus, um nach ihren Wagen zu sehen. Nach einer Weile ziehen sie ein Taschenschachspiel heraus und beginnen zu spielen. Die Tiere sind riesig groß, sie tragen Plateausohlen. Der Bär ist, ausgestopft, sehr dick. Der Elch sehr lang und dünn. Sie müssen gefährlich wirken wie Götzenbilder, sprechen jedoch im leichtesten Konversationston. Das Geschehen im Hintergrund, hinter der Glastür, nimmt an Turbulenz zu.

ELCH: Ist hier frei?

BÄR: Sieht so aus. Ist Ihnen etwa auch die Sprache versprochen worden? Und haben Sie sie schon abgeholt?

ELCH: Ja. Ich äußere mich, denn in mir hat sich einfach zuviel angesammelt. Mit dem Sprechen mache ich mich selbst. Eine fürchterliche Situation!

BÄR: Sie machen sich sehr gut, finde ich.

ELCH: Sagst du uns bitte deinen Beruf? Und machst eine passende Handbewegung dazu?

BÄR: Ich bin Vertreter für Baumaschinen, die EG-Ursprungs sind. Wer hätte je etwas so Unwirkliches dargestellt und noch dazu versucht, darauf zu bauen? Ich bin meist im Ausland, Ungarn, Polen, in Ländern, deren Namen man sich gar nicht mehr merken kann, und den neuen Bundesländern des alten Bundes unterwegs.

ELCH: Schön, daß diese lieben Länder so lang gewartet haben, und ausgerechnet auf uns.

BÄR: Daß wir sie mit unserer Lebensfreude auf ihrem eigenen Boden pflanzen können.

ELCH: Ich bin auch Vertreter, aber für Büromaschinen. Spaß und Vögeln! Spaß und Vögeln!

BÄR: Wenn das Sprechen schon eine menschliche Leistung ist, so sind diese wunderbaren Maschinen beinahe übermenschlich. Wer hat sie ersonnen? Vor allem die Frauen gehen ja mit der Sprache fortwährend in sich hinein und kommen mit leeren Händen wieder heraus.

ELCH: Ja, das Seelenleben bringt man einfach nie zuende. Mit Maschinen jedoch gelangt man über sich hinaus!

BÄR: Großartig, wie Sie sich als Körper aufführen!

ELCH: Großartig, wie Sie Ihren Körper ausführen!

BÄR: Diese Länder, in die wir uns einführen, können auf eine tote Vergangenheit zurückblicken. Das täte mancher gern: Spritzen und danach stehenbleiben.

ELCH: Der Westen hat mit dem Zungenspiel begonnen. Das war ein Fehler.

BÄR: Danach haben sie sich selbst in die Hand genommen. Inzwischen können sie sich nicht mehr für sich behalten! So viele Bewegungen, nur um sich an jeden herzugeben, der da kommt.

ELCH: Dann kommen wir zum Vorschein. Reifere Semester und gut gebaut.

BÄR: Wenn sie vernünftig sind, so bleiben sie das Einkaufsparadies, das sie jetzt sind. In dem jeder Witz bekundet, daß sie nun eine gute Verfassung haben.

ELCH: Tutzi frutzi Eiskrem!

BÄR: Meine Firma richtet ihnen Anlagen ein, die sie nie zuvor gehabt haben. Dort können sie das Letzte aus sich herausholen, das wir noch nicht bekommen haben.

ELCH: Ein neuer Aufenthaltsraum für ihr Wesen. Das sitzt in Bahnhofsgaststätten herum, wirft mit sich oder läßt sich von anderen auf die Müllhalde werfen. Ortschaften werden vorher durchmessen, nur damit das böse Wesen endlich einen Raum zum Duschen hat.

BÄR: Im Radio treffen Menschen als unverständliche Stimmen ein. Lautsprecher atmen in Wohnungen. Und wer sich freiwillig gemeldet hat, der darf jetzt als Zeit in einem Hörer verwahrt werden. Ja, er wird selbst ein Hörer mit einem Lieblings-Sendungsbewußtsein! Alle sind daran teilnahmslos.

ELCH: Wir sprechen! Wir sprechen!

BÄR: Wir Tiere sind vom Menschen unterschiedlich.

ELCH: Täglich verlange ich nach Sex. Ein Fehler oder schon ein Laster?

BÄR: Dröhnt von fern, nimmt uns ein Stück mit, fährt hinter uns weiter. Fährt manchmal übers Tier drüber.

ELCH: Was passiert? Die Hausfrau ist da, um im Supermarkt einen Eindruck in andere Hausfrauen zu machen. In diese Kuhle legt sie sich dann glücklich. Das Tier kommt zu ihr und klingelt dreimal. Sie zieht das Hoserl aus. Man sollte es sich, wenn so viele Gründe, Menschen zu erzeugen, sich mehren, dabei so gemütlich wie möglich machen.

BÄR: In der Tschechei hat mir einer seine dreizehnjährige Tochter für einen gebrauchten Nadeldrucker angeboten. Sie hatte es auf der Lunge. Diese Menschen haben ihre Natur ja auf unglaubliche Weise ausgerechnet an sich selbst verschwendet.

ELCH: Ihre tüchtigsten Vertreter ziehen jetzt ins Ausland ein wie in eine Konditorei. Damit sie sich dort anfressen und noch mehr Schlag auf die Schläge an die Einwohner häufen können. Kirschen leuchten. Dann lassen sie sich vollaufen, während sie ihre frischgebackenen Torten beaufsichtigen.

BÄR: Ich schlage jetzt auf mein Kostüm ein, damit ich schneller aus mir herausgehen kann. *Er öffnet vorn den Zipp.*

ELCH: Weshalb wir uns immer nach der neuesten Mode richten müssen? Es ist wie ein Zwang. *Auch er öffnet seinen Zipp.*

BÄR: Damit wir nicht mitten im Wald aussterben. Es weint dann das Kind im Zoo.

ELCH: Aus der Hose zeigen wir nach unten. Wer ist vorhanden, um sich zu erbarmen?

Eine Laien-Stripperin tritt auf und strippt. Elch und Bär nesteln an ihren Kostümen und masturbieren diskret.

ELCH: Frage: Warum bleibe ich heute so trocken? Warum Frauen nur von der gegenteiligen Straßenseite aus bewundern?

BÄR: Fahrt durch dunkle Vorortlokale, wo Frauen sich schaden.

ELCH: Die Luft, die der Fleiß von Menschen so schlecht gemacht hat, schiebt einer Frau die Haut bis an die Grenzen ihres Gesichts. Ihre Zahnfüllungen haben Bakterien durchgelassen. Darunter eine Anwesenheit, die beim Sprechen befremdlich hervorbricht. Gestank!

BÄR: Ein schönes Anwesen ist abwesend.

ELCH: Super! Tutzi frutzi Eiskrem! Schnee und das Läuten der Menschen am Abend läßt sie aufeinander anspringen.

Die Menschenleiber haben als einzige noch Treibstoff, um hausgebacken zu werden!

BÄR: Gebundene Männer sind wesentlich lockerer.

ELCH: Kommen aus sich heraus – furchtbare Anwesenheit!

BÄR: Ein Mann will dauernd spritzen wie im Garten. Er hat aber nur eine Einzimmerwohnung mit einem Philodendron.

ELCH: Ich habe einer Frau einmal eine elektrische Zahnbürste geschenkt. Die Frau ist beim Putzen ausgerutscht, und ihr Gehirn ist austreten gegangen. Wohin? Wohin ein Ruf gegangen ist.

BÄR: Ein Mörder hättest du nicht gleich werden müssen.

ELCH: Wie oft stirbt ein Körper, weil etwas nicht dort bleibt, wo es hingehört.

BÄR: Ich habe es ein paarmal erlebt, daß eine Frau gestorben ist, weil etwas, das dort nicht hingehört, in sie hineingekommen ist.

ELCH: Super!

BÄR: Wie viele Zeitgenossen wollen auch Sie nichts als genossen werden, stimmts?

ELCH: Am meisten lohnt es, in kümmerliche fremde Verhältnisse hineinzustoßen und seinen Sprinkler einem Menschen aufzudrängen, der lieber allein sein möchte. So lang waren wir nicht mehr im Wald, um durch Brüllen zu erschrecken.

BÄR: Super! Eine, deren Augen einen im Prinzip abweisen!

ELCH: Genau. Für Babybehandlung zahle ich extra. Da kommt man sich so nahe, daß das ganze Niveau mit Nivea-Creme bedeckt ist. Das langt dann schon fürs Wohnen mit einem winzigen Herumrasen im Vorgarten. Und die Frau kommt vollständig durchnäßt oder überhaupt nicht mehr nach Hause.

BÄR: Sie kommt nur durch, wenn es ihr gelingt, mich wie neu durchgehen zu lassen.

ELCH: Da steht er mir fest.

BÄR: Sogar unsere Größe ist den Frauen egal, weil sie dabei ja meistens liegen. Wir sind unmanierliche, ungeschliffene Gesellen, und wir bringen den Tod in unseren Fellen.

ELCH: Es ist schon passiert, daß wir Frauen gerufen haben und Menschen sind gekommen.

BÄR: Super!

ELCH: Super! Nicht wie wir! Nicht wie wir! Nicht mit uns! *Die beiden Männer am Nebentisch, Kurt und Herbert, haben die ganze Zeit schon nur mehr halbherzig gespielt und verstohlene Blicke geworfen. Jetzt verständigen sie sich halblaut, stehen auf und zwängen sich zu Elch und Bär an den Tisch.*

HERBERT: Verzeihen und erlauben. Jetzt, da das Sekret in Ihnen erwacht ist, dürften wir eine Frage stellen?

BÄR: Bitte gleich die zweite Strophe!

KURT: Was ist mit dem Gift des Gefühls? Glaube sehr daran!

ELCH: Wir bleiben mühsam sanft.

BÄR: Sie schauen aus wie einer, der mit einer gezückten und bratfertigen Gitarre am Rücken herumirrt, aber keiner greift ihm ins Instrument.

ELCH: Weil die Leute vorn nachschauen müssen, ob es ein Gesicht wie Ihres überhaupt gibt.

BÄR: Sie kochen auf so kleiner Flamme, daß niemand merkt, ob Sie überhaupt kochen. Sie müssen die Dinge bis zum Rand hochkommen lassen.

ELCH: Erst dann können Sie Menschen besudeln. Meinetwegen mit Nudelsuppe überschwemmen. Aber mein Getränk ist aus lauter frischer Milch gebaut.

KURT: Mancher Körper siegt durch Liebe.

BÄR: Klospiele! Klospiele!

ELCH: Also Sie hängen noch von einem Menschen herab, hilflos, die Klauen und Schaufeln über ihn gespannt als Segel, und da hängen die Einwohner Sie glatt daneben hin! Brutalität! Als Kopf an die Wand! Soviel zur Liebe. Bäh.

BÄR: Gehen Sie und pressen Sie aus sich Saft, Sie Flasche!

ELCH: Für ein Gefühl müssen Sie bezahlen, in der einen oder in der anderen kleinen Form, die dann auf ewig Ihren Abdruck tragen wird, selbst wenn Sie in der Zwischenzeit viel größer geworden wären.

BÄR: Nur Slalom und Riesenslalom und Super-G soll der Mensch als Abenteuer kennenlernen.

ELCH: Aber nicht uns! Das Ärgerliche an Zügellosen ist, daß sie nie wissen, wohin sie sollen.

KURT: Wir akzeptieren das alles aufrichtig, solange unseren Frauen, die ein Recht auf sich und ihr tägliches Make-up haben, nicht das Gefühl entgleist. Diese Hobby-Eisenbahn haben wir ihnen in langen Jahren der Geduld hingebaut.

HERBERT: Wir schweren Räumfahrzeuge mußten oft gerufen werden, um sie wieder zurück in die noch dampfende Spur zu heben, die wir ihnen gelb und, zugegeben, etwas zu dünn vorgezeichnet hatten.

KURT: Die wir ihnen auf der Erde und im All, ich meine: in allem vorgezeichnet hatten.

HERBERT: Und auf einmal haben wir bemerkt, daß ihre Körper, obwohl wir sie doch fest an uns befestigt hatten, sich gefährlich zu uns geneigt haben.

KURT: Und das, obwohl wir keinerlei Neigung zu ihnen haben.

ELCH: Ist technisch unmöglich. Neigt sich Verbundenes immer zur gleichen Seite.

BÄR: Bestätige ich.

ELCH: Trample ich sie gern nieder, wenn gewünscht.

BÄR: Die Natur in mir findet das auch und ißt sie gleich auf. Das Sanfte kann Flammen ausschlagen, wenn es nur will. Besser rechtzeitig das Sanfte hauen!

KURT: Was Isolde und Claudia betrifft, so haben wir diese zwei Äpfel, die, mit Garnierung überhäuft, unter ihren Schlafröcken schreien, schon allzu oft bis zum Stingel aufgegessen. Sie wurden am Ende doch immer ausgeschieden.

HERBERT: Finde ich auch.

KURT: Wir sind Menschen, die mit der Zeit rechnen müssen, und bald wird es acht Uhr sein.

HERBERT: Sehen Sie, meine Tiere, was tun Liebende? Schauen sich als Beseeler und Beschäler in die Augen und wollen alles vom anderen wissen, um auch das noch als Sterben aus ihm wieder herauszuholen.

KURT: Kino-, Konzert-, Theaterkarten säumen unsre Wege, wir sind vom Papierschnitzeln umzingelt.

HERBERT: Diese Schnitzeljagd nach dem Tier in uns ist kostenaufwendig. Auch wird Atemluft verschwendet, wenn wir uns zwecks Vorwand Sport voreinander ausziehen. In jedem Bad, wo die Sonnencreme von den Gräsern tropft, sieht man mehr.

KURT: Sie sind wenigstens jetzt schon Tiere, meine lieben Anwesenheiten und Mahlzeiten!

BÄR: Wäre es nicht schön, ein Bierzelt zu sein, um inmitten vieler anderer verlassen zu werden? Damit man nicht der einzige ist, der gedemütigt wird?

KURT: Will das Tier denn, daß ihm nichts anderes begegnet als ein Gleichgeartetes?

BÄR: Wollen Schwächere zum Fressen auch recht gern.

HERBERT: Aber in der Liebe ist doch jeder einzelne man selber! Man hat es sich in der sportlichen Enge des Partners bequem gemacht.

KURT: Mir ist aufgefallen, daß man in der Liebe sein Wesen verliert und verwest.

BÄR: Wanderer fürchten sich vor uns. So weit ist es mit der Menschheit gekommen.

ELCH: Wir beobachten in der Wildnis oft, wie Menschen, die sich selber mit nichts als Abfall gefüttert haben, in den Kurven ihrer Lebens-Langlaufbahnen ihre ebenfalls noch gut gekurvten Frauen einfach wegschmeißen. Und wir, die Polizei der Natur, müssen sie dann essen. Ich esse aber lieber Beeren.

KURT: Ist es nicht bedauerlich, daß wir die Verbindung mit der Natur abgebrochen haben?

ELCH: Ja, die Natur und wir, wir müssen einfach zusammenhalten.

KURT: Sie erwecken einen sonderbaren Eindruck, den wir mit Gips ausgießen sollten, um zu sehen, ob wir als Tiere überhaupt möglich wären.

HERBERT: Jemand wie Sie haben wir noch nie gesehen. Sie müssen einfach gut sein, sonst könnte man uns in zehn Minuten als Tee eingießen. Bloß weil sie sich entschlossen haben aufzustehen. Ja, lassen Sie es gut sein oder seien Sie wenigstens gut zu uns!

BÄR: Es macht schon Spaß. Wo wir Tiere uns versammeln, entsteht eine staunende Menge, in der es immer einen gibt, der uns zu blutigen Fetzen auseinanderreißen will.

ELCH: Den müssen wir dann rechtzeitig ausmachen.

BÄR: Zur Freude auf die Welt gebracht, dann gleich wieder abgeschafft.

HERBERT: Das klingt alles sehr gut. Hören Sie, wollen Sie nicht Ihre Kostüme mit unsren tauschen? Damit unsere Frauen uns endlich wieder aus der Nähe anschauen?

KURT: Wäre ein Spaß! Wenn wir zerstörerisch und zügellos wären. Beißend und fressend uns durch die Reihen im Kino prügelten!

HERBERT: Ja. Wir zahlen, wenn Sie uns Ihre klasse Chaos-Kostüme leihen!

KURT: Ja, wir zahlen für alles inklusive.

HERBERT: Überlassen Sie uns Elch und Bären. Dann können wir unsre Frauen einmal ganz anders verzehren.

KURT: Als Raubtiere.

BÄR: Wir sind hier mit einer sogenannten Karin und einer gewissen Emma verabredet. Von uns kann man sagen, wir sind hier eine Ton-Unart, die gleich loskreischen wird. Musik! Dann Fleisch als Besitz an uns reißen!

ELCH: Wir verzichten nicht gern auf unsere schöne neue Verabredung.

BÄR: Der Umstand könnte jetzt vielleicht zur Rede gebracht werden, daß die Frauen, die wir treffen und essen wollen, in bezug auf ihr Alter gelogen haben.

ELCH: Das eine Foto, das sie geschickt haben, war mindestens zwanzig Jahre alt! Obwohl ein Tier wenig Fülle im Kopf hat, soll man es doch nicht für schlapp halten.

BÄR: Ist doch wahr.

ELCH: Vielleicht ist das Alter gefährlich, weil den Menschen ohne Kontrolle etwas abgehen kann, das sie dann nicht wiederfinden.

BÄR: Obwohl ich nicht einsehe, wofür sie es noch brauchen könnten als höchstens um ihre Hosen auszustopfen.

ELCH: Sie wollen wirklich ein gutartiges Tier wie ich sein? Ich habe sanfte Blicke in meinem Inneren auf Papptellern zum Servieren hergerichtet.

BÄR: Ich will lieber herumgehen und die Süßen stehlen. In mir trägt die Natur ihre alten Streitereien mit neuen scharfen Waffen aus.

KURT: Einmal was anderes.

HERBERT: Zweimal was anderes.

ELCH: Wir sind hier als Bär und Elch mit zwei Damen aus Bruck an der Mur beziehungsweise Kapfenberg verabredet. So haben sie von sich behauptet, aber es stimmt sicher nicht.

BÄR: Sie wollen nur nicht, daß wir sie nach Hause verfolgen können, um ihre restlichen Körperteile auch noch zu kassieren.

ELCH: Sie stellen sich vor, daß sie, wenn wir vor Liebe in Flammen stehen, auf uns einschlagen können, um uns zu löschen. Kennen wir alles.

BÄR: Sie wollen auf uns hintreten. Statt uns noch mehr anzufachen. Unruhig in einem Zimmer auf und ab gehen, statt die Klaue im Nacken fühlen lernen, das kennen wir schon.

ELCH: Ach was, gehen wir uns einfach ein Stück voraus! Wir holen uns schon wieder ein!

Beide Tiere zucken gleichmütig die Achseln und nesteln an ihren Kostümen. Sie öffnen die Reißverschlüsse und steigen heraus. Allerdings merkt man, daß Elch und Bär wieder nur in einem Elch- und Bärenkostüm stecken, das sie darunter anhaben, sozusagen zwei Kostüme ineinander. Das Geweih des Elchs ist aus Schaumgummi und ploppt wie ein Springteufel unter der Kopfmaske hervor, zu einer Art Fernseh-Libellenantenne geformt. Die beiden Männer, Herbert und Kurt, scheinen sich aber nicht weiter darüber zu wundern. Sie ziehen ihre Sportkostüme aus und die Tierkostüme an. Allerdings: das Bärenkostüm ist viel zu weit und zu groß, das Elchkostüm dito, sehr lang, aber auch sehr eng! Die Männer kämpfen mit den Kostümen. Derweil ein kleiner Pausenstrip! Über die Kostüme stolpernd und fast hinfallend gehen Kurt und Herbert hinaus. Vorhang.

2.

Vorraum einer großen Autobahn-Damentoilette. Viele Kabinen nebeneinander. Spiegel, etc. Alles desolat, schmutzig, angesprayt. Die Frauen sitzen nebeneinander, in benachbarten Kabinen, auf dem Klo. Sie haben die Türen offengelassen.

STIMME DES KELLNERS *aus dem Lautsprecher, untermalt von leiser Kaufhausmusik*: Die Möglichkeiten der Wahl erschöpfen Ihre Männer, meine Damen. Wählen Sie bitte selber! Nämlich drängen diese unzähligen Wahlmöglichkeiten die Menschen bis an den Rand der bebauten Kleinstadt. Neben, vor, hinter Ihnen Menschen mit tropfenden Schwänzen und Schamlippen, die Sie gesucht und gefunden haben. Seien Sie hundertprozentig diskret und gesund! Halten Sie die Flaschen, die Ihnen am Büffet übergeben wurden, sowie Ihr abgezähltes Geld bereit! Während des ganzen Winters hat der kleine Sexbote neben Ihnen sich auf seinen Schiern groß gemacht. Jetzt fährt er in sich fort und ergießt sich in Sie, meine Damen. Die Kamera will das sehen! Hängen Sie sich über die Flasche, die Sie erhalten haben! Öffnen Sie die Tür noch etwas weiter bitte – *die Frauen tun es* –, damit die Kamera Sie sieht, wie Sie vor dem Fortfahren austreten. Ihre Ausscheidungen sollen später, bei der Endausscheidung, von unseren Spielern aus dem Natursekt-Flascherl getrunken werden. Die Münder schnappen auf, die Menschen schnappen über. Eine Woge von Glück brandet uns entgegen. Eine Begegnung, die uns sagt, wie sehr uns unsere Lebensuhr mit Blindheit und Geschmacklosigkeit geschlagen hat.

ISOLDE: Obwohl ich von Anfang an zu fühlen gesonnen war,

fällt es mir jetzt doch schwer, in diesen schmalen Flaschenhals zu pinkeln. Ich bin doch keine Sportlerin. Ich bin nicht so einnehmend.

CLAUDIA: Ist ganz in Ordnung, wenn die Frau merkt, sie ist mangelhaft. Sie merkt es spätestens dann, wenn sie sich in ein Loch schütten soll.

ISOLDE: In unserer Konditorei gibt es Kopfstücke von Obst auf die Mutterkuchen, daß es spritzt.

CLAUDIA: Normalerweise sitzen in diesem Raum anständige Leute, eine brave Frau neben der nächsten. Das Handtaschel mit dem bissel Geld umklammern! Der Ausländer hat den Nachschlüssel, wir haben das Nachsehen. Was bleibt? Begehrliche inmitten ihrer dafür vorgesehenen Körperteile! Schluck mal wieder!

ISOLDE: Heute wählen wir. Wir haben in dem Inserat den Bären und den Elchen ausgesucht. Sie sollen groß, lebenslustig und auch zum Fotografieren gut sein.

CLAUDIA: Die meisten Frauen freuen sich über das Wahrgenommen werden. Haben schon gewählt. Unsere Männer sehnen sich nur nach dem, was sie schon haben.

ISOLDE: Dieser Elch und dieser Bär leben recht unordentlich. Diesen Brief haben sie an uns versandt. Hose runter, Fell weg, und schon ist ihr Dings wieder im Tunnel, wo es nicht durch den Glanz entgegenkommender Scheinwerfer geblendet werden soll.

CLAUDIA: Können uns gleich mitnehmen, mitsamt unsrer nach Wurstbelag klaffenden Semmel.

ISOLDE: Die Männer müssen unsere Maschinen immer erst abgebildet sehen, bevor sie wissen, was damit alles anzufangen ist.

CLAUDIA: Bevor sie uns betreiben können. Sie gönnen uns keine Macht über sich.

ISOLDE: Sie rufen irgendjemanden an, egal wen, und ihre Hosen schlagen ihnen wieder und immer wieder schmerzhaft in die Kniekehlen.

CLAUDIA: Und schon strömen alle herbei und sind ganz aus dem Häuschen. *Eine Sirene ertönt.*

STIMME DES KELLNERS VOM BAND: Nein. Keine Angst! Die Sirene bedeutet nur, daß Ihnen jemand gerade Ihren Wagen stehlen will. Dies gehört zu unseren speziellen Serviceeinrichtungen. *Die beiden Frauen springen auf, die Unterhosen noch überm Knie, und stürzen zum Ausgang, spähen kurz hinaus, zucken die Achseln und kommen wieder zurück. Sie ziehen die Hosen hoch und stellen je ihre Flasche auf den Bord vor den Spiegeln. Sie beginnen, Make-up und Frisur zu erneuern.*

ISOLDE: Meinst, sollen wir die Flascherln zustöpseln?

CLAUDIA: Ist besser. Sonst kommt es noch heraus.

ISOLDE: Sanft wie ein Geist. Hat nicht die Mühe gelohnt. Aus meinem müden Blatt kommt kein Ton mehr ins Instrument. Wäre gern lauter in der Luft.

CLAUDIA: Jetzt steigen wir einmal aus unserer Lage empor. Wir haben Siegesschuhe gekauft.

ISOLDE: In einer wilden Nacht schön sein, das ist vorbei. Wer sieht im Grab meines Körpers die glatte Haut, die nach der Mode lebt?

CLAUDIA: Hoffentlich haben wir das Inserat auch richtig verstanden.

ISOLDE: Trotzdem, du mußt einen Mann schon sehr genau anschauen, um zu sehen, ob innen ein Markenzeichen angenäht ist.

CLAUDIA: Die unsrigen sind von der Elch- und Bärenmarke. Wie in Italien als Kleidung hergestellt, so haben sie geschrieben. Wir haben geschrieben: auch mehrere angenehm.

ISOLDE: Mir ist das jetzt fast unangenehm, Kurts Gesicht auf das Gesicht eines völlig Fremden projizieren zu müssen. Normalerweise bin ich froh, wenn ich ihn nicht sehe.

CLAUDIA: Aber wir haben so viele Inserate durchgelesen, bis wir entschieden haben, welches Benzin die Flecken aus unseren Kleidern schießen lassen soll. Als lebende Flammen!

ISOLDE: Vielleicht bleiben wir später umhergestreut auf dem Boden liegen?

CLAUDIA *späht hinaus*: Noch nie haben jedenfalls so viele Leute mit weit offenen Hosentüren unsere Häuseltür passiert. Die Einsamkeit reist mit dem Vertreter mit und wird im Hotelzimmer auf einem Stuhl abgelegt. Aber auf welchem?

ISOLDE: Ob das mit dem Elch eine große Liebe wird?

CLAUDIA: Bevor noch das Frühstücksgeschirr abgeräumt und Herberts Auspuff verklungen ist, servieren wir uns schon wieder.

ISOLDE: Als hätten wir soeben noch gekocht. Ein Bär klingelt an der Tür.

CLAUDIA: Und man wird eine durch Druck erscheinende Sensation!

ISOLDE: Aber nur wenn der Liebende die Zeitschrift, mit der er im Einklang ist, noch nicht gelesen hat. Dort sehen alle Frauen plötzlich anders aus als ich.

CLAUDIA: Den Kelch von einem Elch austrinken!

ISOLDE: Oder das Gewehr von einem Bär, an dem man lutscht, bis es kracht und sich entlädt. Diese Arbeit! Erst dann merkt man ja, was wirklich in einem Menschen steckt.

CLAUDIA: So wild wie von einem Tier! Bald werden wir es genauer wissen.

ISOLDE: Endlich! Der Kurt spielt dauernd vor mir den still Ersparten. Aber hinter seinem Rücken regiert die Gier. Dann arbeitet er auf mir sein Konto ab. Er hat sein Glied gut eingeschmiert und angelegt.

CLAUDIA: Schon zeitig in der Früh, bevor ich in die Praxis fahren muß, werde ich von Herbert gezwungen, in mein Geschlecht zurückzukehren, weil ich dort etwas vergessen habe: seines!

ISOLDE: Ein Blick genügt ihnen um zu wissen: wir können nicht mehr von ihnen fort. Nie mehr werde ich genug Aussehen haben um ausgeführt zu werden.

CLAUDIA: Wir sind als Produkte am Haushalt angekettet.

ISOLDE: Allein das läßt sie schon in den Wagen hüpfen und selber fortfahren. Welche Bäuerin aus dem Innviertel wollte meinen Kurt besitzen? Keine! Ich kann sie verstehen.

CLAUDIA: Welche Angestellte über 30 wollte meinen Herbert besitzen? Viele! Einfach deshalb, weil er keine wahrheitsgemäßen Angaben über seine Ausmaße in dem Saunaklub gemacht hat.

ISOLDE: Lieber neue Kontakte suchen! Ein haariger Wechselsack öffnet sich, aber nur eine einzige Bewegung ins Licht, und der Film ist rettungslos hin. Ein Film, von dem sie sich alle abschauen wollten, was sie als nächstes mit uns machen sollen.

STIMME DES KELLNERS VOM BAND: Requisiten bitte bereithalten! Kehren Sie in die Nähe zurück! Hygiene!

CLAUDIA: Ich fürchte, die Last dieser Wanderung tragen wir alleine.

ISOLDE: Auf diesem Film kann das einzige Bild verderben, das sie von sich und uns haben. Einmal werde ich unversehens meinem Herrn gegenüberstehen, und der erkennt dann seinen Hund nicht.

CLAUDIA: Schau, mein Kostüm! Das straff gespannte Band zwischen meinen Schenkeln. Es sagt: Sex ist Sport! In der Plastikwerkstatt wird das Geheime geschmiedet, solange wir heiß sind.

ISOLDE: Ja. Die Bilder von der Frauen Geschlecht sind mehr Bilder vom Sport. Mein Sport ist, mich fortwährend von mir verabschieden zu müssen. Meine Furche drückt sich in diesem Sportschick-Band deutlich ab, deswegen ist das Trikot gekauft worden. Seine Farbe ist Gift für die Augen. Bringen Sie die Saat zum Aufgehen, Herr Elch!

CLAUDIA: Sex ist Schauen und dann Ausführen.

ISOLDE: Sex ist Schauen und dann das Hunderl in sich Ausführen.

CLAUDIA: Der Körper vom Herbert hat sich gestern auf die Zehenspitzen erhoben.

ISOLDE: Ja, das hast du mir schon erzählt. Und dann ist er schäumend aus sich herausgetreten.

CLAUDIA: Wir wollten, ein anderer säße bei unserem Tagesgericht und würde zu uns verurteilt.

Isolde: Schritte treten uns zur Seite, öffnen uns. Keiner macht hinter uns die Türe zu.

Es klopft diskret an der Tür, die Frauen wenden sich hin. Ihre Männer kommen als Elch bzw. Bär verkleidet herein. Die Kostüme passen ihnen nicht, sie sind ihnen zu groß. Der Elch tritt auf sein Gewand und stolpert. Der Bär muß sein Gewand vorn zusammenraffen. Sie sprechen beide in Kontaktmikrophone, die die Stimme etwas künstlich machen. – Echo! Hall!

Herbert: Dürfen wir uns zu Ihnen begeben, Frauen Damen?

Kurt: Nur keine Angst deswegen, weil wir so groß sind!

Herbert: Wir sind für die Nacht geschaffen. Erleuchtete Lokale wiegen uns in unser Geschick ein. Ja, wir sind geschickt! Einer beschenkt sich dort mit dem andern.

Kurt: Unser Kostüm umhüllt uns so, daß wir nicht sehen, worauf wir treten.

Herbert: Unsere Flügel können wir derzeit nicht heben, weil wir unsere Kostüme festhalten müssen.

Kurt: Was würden Sie uns raten? Wir spenden uns gern! Sie haben ein Inserat aufgegeben, stimmts Karin und ... *Nähert sich drohend Claudia.*

Herbert: Emma! Wer schaut sich am liebsten Formel-1-Rennen im Fernsehen an? Der keinen Führerschein hat! *Er nähert sich drohend Isolde.* Was haben Sie in das Inserat hineingeschrieben?

Kurt: Daß Sie sich für uns als Fest zubereiten wollen?

Herbert: Daß Sie als Allerletzte aus sich herausschreiten werden? Alle anderen sind schon längst weg.

Kurt: Wir sehen aber nicht wohin.

Herbert: Wo finden wir uns hier wieder? Bei einem gleichen Paar, das ein andres sucht, das genauso gleich ist. *Sie nähern sich den Frauen, die etwas zurückweichen.*

Isolde: Super! Super! Emma bin ich!

Claudia: Echt super! Karin bin ich.

Isolde: In dem Inserat haben Sie aber geschrieben, daß Sie überdurchschnittlich groß sind.

HERBERT: Das kommt, weil wir nachher kalte Henderln und Essiggurken essen werden. Weil ja auch unsere Vorräte geplündert worden sein werden.

KURT: Wir packen gern etwas in Ihre Tüten hinein, meine Damen! Wollen mal sehn, was wir haben! Die Freiheit haben wir!

HERBERT: Mal abwarten!

ISOLDE: Super! Sie wollen wirklich mich? Irren Sie sich nicht?

CLAUDIA: Echt superduper!

ISOLDE: Toll! Aber in dem Inserat haben Sie geschrieben, daß Sie gut in uns hineinpassen würden.

CLAUDIA: Supergeil! Und wie Sie erst in Ihren Anzug hineinpassen! Ist das die Wiege, in die Sie sich eingewogen haben?

Der als Säugling verkleidete Mann kommt zur Tür hereingekrochen, schreit Mama Mama, klammert sich an Claudia fest, die ihn abschüttelt und mit einem Fußtritt von sich herunterbefördert. Der «Säugling» plärrt furchtbar.

ISOLDE: Affengeil. Hier kommt Heimisches! *Der «Säugling» versucht es bei ihr und wird ebenfalls fortgejagt.*

ISOLDE: Der grobe Säugling beim Schreiten und Steigen. Prima! Nach sowas kann einen wirklich nur ein Profi-Schlummer betäuben.

KURT: Unsere Körper sind eine einzige Schlemmerei, die wir angerichtet haben. Zu meiner Rechtfertigung muß ich sagen, daß ich mich vorher im Bett ziemlich verausgabt haben werde.

ISOLDE: Einerseits glaube ich schon, daß Sie ein Elch sind, andrerseits glaube ich es wieder nicht. Sind Sie sicher, daß Sie mich meinen? *Der Säugling krabbelt während des folgenden herum und spielt das Baby. Er schnappt sich die Fläschchen zum Beispiel und versucht daraus zu trinken. Sie werden ihm weggenommen. Pantomime. Er wird sehr grob behandelt, was ihn aber nur anzuturnen scheint.*

CLAUDIA: Einerseits glaube ich schon, daß Sie ein Bär sind, andrerseits glaube ich es wieder nicht.

ISOLDE: Wie können Sie sich wohlbefinden in sich, wenn Sie sich doch selbst nicht gewachsen zu sein scheinen?

HERBERT: Als erfahrener Begleiter lebenslustiger Frauen habe ich gelernt, daß schon eine Kleinigkeit sie überdurchschnittlich in Aufruhr versetzen kann. Da sind wir auf jeden Fall viel größer. Und hier bitte sehr – *er öffnet die Klotür und versucht, einen riesigen Schrankkoffer hereinzuziehen, den er draußen deponiert hat, der geht aber nicht zur Tür herein und wird wieder hinausgeschoben* – vom TÜV geprüft: der Potenz-Automat aus München! Kostet 8 Mark und paßt in jede Hosentasche!

KURT: Sorgt für Standvermögen: ein elektromagnetisches Spannungsfeld wird aufgebaut. Dann kommt so eine Birne und reißt es wieder ein: Ein Kratzer auf dem polierten Klavier, nichts weiter. Gegrüßet seist du!

HERBERT: Das läßt Männer nicht hängen. Das sorgt für Zuwächse unter der Gürtellinie.

KARIN: Super!

ISOLDE: Einfach super!

HERBERT: Ihr solltet uns mal sehen, Mädels, wenn wir einige Stunden in euren Ärschen und Mösen zugebracht haben! Wie ansehnlich wir dann aus der Wäsche schauen.

CLAUDIA: Klasse. Unter zwei Nummern läuft nichts!

ISOLDE: Kein Sinn in den Sinnen. Keine menschlichen Züge auf den Geleisen, wo mein Körper läuft.

CLAUDIA: Toll! Mit einem feschen Mann, der irgendwie gar nicht wirklich ist.

ISOLDE: Sie haben vorhin gesagt, daß wir dann am kalten Büffet geschlachtet werden sollen?

HERBERT: Wir haben gesagt, nach der Bumserei gibt es die Schlacht am kalten Büffet.

ISOLDE: Einfach Sonderklasse!

KURT: Aber nix von Zuhaus erzählen! Nix von was ihr gern tut, Sport oder Kunst. Schi? Aber nie!

HERBERT: Von unserem Kapital heben wir nur in Ausnahmefällen etwas ab.

KURT: Aber gleich wieder tut es uns leid, wenn wir abgespritzt haben und im nachhinein nachrechnen, was wir in euch verloren haben: Nichts! Später braucht man es, und es hat sich in Wirklichkeit aufgelöst.

CLAUDIA: Ja. Einmal kommt es heraus.

HERBERT: Leider haben nicht viele Frauen bis jetzt ein Gefühl für unser Steif-Tier gehabt.

CLAUDIA: Echt super. *Jubelt.* Super! Super! Super!

ISOLDE: Extraklasse! In dem Inserat ist er euch aber ganz anders gestanden!

CLAUDIA: Ihr Bild hat mehr als tausend Worte gesagt. Waren es die falschen?

ISOLDE: Treffer! Einfach klasse! Auch mein Bild war ja nicht ich.

CLAUDIA: Vor allem enden Ihre Füße ja schon viel früher als Sie in dem Inserat geschrieben haben, wo sie in Wirklichkeit aufhören.

ISOLDE: Als Elch sind Sie echt ein Sonderfall. Super!

CLAUDIA: Und auch der Bär scheint nicht ganz ausgefüllt zu sein. Einfach Extraklasse! *Sie tritt dem Bären gegen sein Fell, daß der fast hinfällt.*

CLAUDIA: Sie sind aber leicht zu fällen. Prima!

HERBERT: Ich fange ja erst an! Originalfoto! Und wo ist Ihre Originalfotze, «Karin»?

KURT: Ich bin immerhin größenbedingt gut für Algerisch geeignet. Das heißt, in mich paßt, außer dem puren Essen, noch was hinein!

HERBERT: Wir sind die Originale! Alles was Sie sonst noch sehen, muß eine Kopie von uns sein.

CLAUDIA: Super! Echt super! Total klasse! Lebhafte Hose!

KURT: Im Wirklichen haust schon das Unwirkliche. Unter unserem Fell das Noch-Nicht-Wirkliche.

HERBERT: Bei mir ist eine Fülle da, um dem Fell eine Stütze zu geben.

CLAUDIA: Extraklasse, wie Sie das gesagt haben!

HERBERT: Bringen Sie Ihre Körper in Sicherheit!

KURT: Jetzt machen wir uns daran zu kommen, es dauert aber noch einen Augenblick bis wir werden und vergehen.

Bitte warten Sie «Emma»! Bitte warten Sie! Bitte warten Sie! *Wie Tonbandansage.*

CLAUDIA: Su-su-su-super!

ISOLDE: Riesig! Einfach intramuskulär – *alle vier schreien demonstrativ.*

HERBERT: Wollen euren Beruf nicht wissen, weil wir uns gleich wieder trennen müssen.

KURT: Ist egal, «Emma».

CLAUDIA: Affengeil.

HERBERT: Bei Neugriechisch und zärtlichem Hoppi Hopp ist es egal, ob ihr im Garten euer Laub zusammenrechnet. Ob es schon wieder weniger geworden ist.

CLAUDIA: Bin total platt.

ISOLDE: Bin total neben mir. Bin nicht mehr ich. *Der falsche Bär und der falsche Elch beginnen jetzt, die Frauen zu betatschen und sie in je eine Kabine zu zerren. Die Frauen kichern und kreischen.*

ISOLDE: Halt! Das Schriftliche muß zuerst noch überprüft werden! Ob das was Sie geschrieben haben mit dem, was Sie tun, übereinstimmt!

CLAUDIA: Inmitten Ihrer Sägespäne schauen Sie nicht aus, als könnten Sie auch nur einen Halm mit Ihrer Atemwoge biegen!

KURT: Geschrieben soll ich das haben? Was ich bis jetzt nicht einmal gedacht hätte? Du Hure! Du reißt die kostbarsten Erinnerungsstücke aus mir heraus!

ISOLDE: Sie schauen aus wie im Ohr die Watte.

HERBERT: Ich komme des Wegs daher, werde Wirklichkeit. Sie sind live dabei, «Karin»!

KURT: Wie kann Luft nur so schwer sein?

Beide Frauen schreien im Chor, als steckten sie am Spieß. Es muß aber nicht ängstlich, sondern komisch wirken. Also eine Art demonstratives Wehgeschrei.

In den Kabinen eine Art Orgie mit Gekicher und Gestrampel, man sieht manchmal nur die Füße (Pfoten) kurz auftauchen und wieder verschwinden. Es kommen verschiedene Leute kurz herein, manche halb, manche ganz in Ko-

stüm oder ganz ohne und machen Fotos oder kurze Videoaufnahmen in die Kabinen hinein.

HERBERT *halb erstickt*: Zuerst die unbequeme Stellung, dann aufpassen, daß Sie sie auch behalten.

ISOLDE *ebenso und in der Folge die anderen auch*: Du siehst aus wie etwas auf einem Papier, und dann wird doch nur eine Wurst geoffenbart. Aber ich! Wenn ich auf die Tube drücke, kommt nichts mehr.

CLAUDIA: Bei mir wird nichts ungelesen weggeschmissen.

ISOLDE: Wir tunken noch den letzten Rest Senf auf, den ihr uns in den Schoß werft.

CLAUDIA: Wie wärs, wenn du diese Körperbewegung einmal etwas zielbewußter ausführen würdest?

HERBERT: Au! Ich weiß nicht, woher meine Schwere kommt. Entschuldigen!

KURT: Gottseidank verbirgt mein Fell mich vor dem mit einem Menschen zu gut Bekanntwerden.

CLAUDIA: Hilfe! Zu Hilfe! Ein Bär!

ISOLDE: Hilfe! Helfen Sie! Ein lebender Elch! *Beide schreien im Chor, wie oben.*

HERBERT: Ich beanspruche Leben! Hauche in die kalten Tatzen.

ISOLDE: Hauchen in die Teller, die wir abgewaschen haben. Ob noch was von uns dranklebt. Zu Hilfe!

CLAUDIA: Könnte euch so passen. Uns mit eurem Wirbel verwirren. Hilfe!

HERBERT: Du wirst gleich das Gefühl haben, mit einem Wasserschlauch abgespritzt zu werden!

ISOLDE: Dann gib mir mal den bewußten Gegenstand! Schauen wir, was erscheint! Ich bin ganz weg.

CLAUDIA: Und Sie wohnen ständig in diesem Häuschen, in dem Sie ein Tier vorstellen? Oder nur im Sommer?

ISOLDE: Was machen Sie denn da? Ein Blick aus Ihrem Fell müßte Ihnen doch reichen um festzustellen, wo eine Kultur in einer Schüssel gezüchtet worden ist.

CLAUDIA: Und überhaupt – in jedem Spital kann man mehr Kulturen zählen als bei Ihnen.

ISOLDE: Mahlzeit! Hilfe! HILFE! Ein Elch, der noch lebt!

CLAUDIA: Prost! Zu Hilfe! Ein lebendiger Bär! So ein schweres Tier!

ISOLDE: Lassen Sie mal einen Elch auf sich drauf sitzen!

CLAUDIA: Lassen Sie mal nen Bären auf Ihrem Schoß sitzen!

ISOLDE: Dieses Tierfell ist nur Staffage für etwas, das in Ihnen oder wenigstens in Ihrem Anzug lebt und uns gespendet wurde. Ob ich es bei mir behalten kann?

CLAUDIA: Wir können nicht stundenlang warten, bis ein Tier mit seiner blutenden Seele im Maul daherkommt. Und dann gehört sie ihm womöglich gar nicht. Das Tier hat sie woanders herausgeholt.

ISOLDE: Und wir sollen eine Näharbeit an seinem Fell machen.

CLAUDIA: Au! Hilfe! Ein lebender Bär! Das war abgemacht, aber nicht daß er sich dann wie ein Mensch benimmt!

ISOLDE: Zu Hilfe! Ein lebendiger Elch! Das haben wir erwartet, aber nicht daß dann wirklich einer kommt!

CLAUDIA: So ein Kostüm brauchen wir nicht. Wir sind auch außerhalb des Fotos möglich! *Beide schreien wieder, aber komisch, nicht schrecklich oder verängstigt.*

HERBERT: Bitte den Unkostenbeitrag jetzt unter die Tasche von dem Kostüm schieben!

KURT: Nachdem wir jetzt ein Tabu gebrochen haben, stekken Sie bitte das Körberlgeld unter den Zipp von die Kostüm hier!

Das Strampeln aus den Türen beruhigt sich, noch ein paar Nachzügler machen Fotos, dann langsam Ruhe.

KURT *schwer atmend, die anderen dann ebenso, langsam aber Beruhigung*: Ich weiß nicht, wie man dieses Kostüm wieder zumacht.

HERBERT: Wir haben es ausgeliehen, und jetzt hängt es schwer an uns.

KURT: Gemäß unserem eigenen Schwergewicht, in das Luft mit eingewogen ist.

CLAUDIA: Ihr seid nicht sehr geschickt gewesen im Erblühenlassen einer gern auch älteren und gebundenen Frau.

ISOLDE: Sie, Herr Elch, Sie erinnern mich an den männlichen Teil eines Paares, der nicht gern vergeblich nach etwas sucht. Ich muß es ihm dann holen gehen.

KURT: Du Halogen-Sau!

CLAUDIA: Wissen Sie, die einzige Freude meines Partners ist es, mich unrecht haben zu sehen. Er ist nämlich einer Ansicht, die auf eine einzige Ansichtskarte draufgeht.

HERBERT: Du alte Sau!

CLAUDIA: Jetzt haben Sie Körperteile herausgeholt, die sich in ihrer Kleidung langweilen wie Menschen in einem regensreichen Park oder im Museum.

ISOLDE: Jemand wie Sie hätten wir nicht voraussagen können. Wir haben einfach nicht zu rasen begonnen. Macht ja nichts!

KURT: Drecksau!

CLAUDIA: Einer wie Sie muß zu dem Tier in sich noch etwas dazulegen, damit man überhaupt merkt, daß er da gewesen ist.

HERBERT: Alte Sau! Nutte!

ISOLDE: Der Hund, der äußerln geht, sollte den Weg kennen, den er davonläuft, wenn ein stärkeres Tier auftaucht.

HERBERT: So eine Sau! Und das uns!

KURT: Wollt wohl den Schein, der von unserer Wirtschaftskraft ausgeht! Sonst nichts. Nutten! Alles Nutten! «Karin» und «Emma»!

CLAUDIA: Auf diese Klingel hören wir nicht. Schenken Sie uns Ruhe! Umwickeln Sie sich mit Fetzen!

ISOLDE: Es ist, als ob wir unseren Männern den Lebensfaden des Fernsehens abgeschnitten hätten.

CLAUDIA: Aber kein Saft schießt ihnen in die Legebatterie, wo ihre Eier gelagert sind.

KURT: Säue! Säue! Säue!

HERBERT: Verschwinde aus meinem Leben! Alles hast du mir angespieben! Mein schönes Kostüm! Drecksau!

CLAUDIA: Wir glauben nicht, was wir sehen. Einfach Tiere!

KURT: Wir müssen das Tier jetzt ausziehen, weil ihr uns schmutzig gemacht habt!

ISOLDE: Und Sie haben mich angebrunzt. Können Sie nicht aufpassen! Auch in einem Tier hat der Herrgott ein Loch gelassen! Nur sollte es wissen wo.

KURT: Wollte ich schon lange. Aber meiner Frau kann ich mit so etwas ja nicht kommen. Die ruft sofort die Möbelrettung an.

HERBERT: Würden Sie mir bitte mein Kostüm auswaschen? Es ist nur geliehen.

KURT: Das kommt von der Natur, die sich Bahn bricht. Sie sind nicht ganz unschuldig daran!

CLAUDIA: Ein Tier ist niemals bescheiden. Immer will es fressen, immer will es weiden.

HERBERT: Immer stellt sich ein größeres Tier über seinen Scheffel und will ihm sein Licht ausblasen.

KURT: Man kann sich wie ein größeres Tier anziehen, aber deshalb ist man es noch nicht.

CLAUDIA: Warum klappen Sie den Bärenkopf nicht hoch, Sie werden ersticken! Nicht daß auch noch Ihre anderen Versuche vergeblich sind!

ISOLDE: Verstehen Sie, Sie müssen noch andre Dinge hochklappen, nicht nur Ihr Kostüm! Sehen Sie! So! Oh, es geht nicht! Es klappt einfach nicht.

CLAUDIA: Bei meinem geht es auch nicht. Hilfe! Ein Tier! Ein großes Tier!

ISOLDE: Zu Hilfe! Es ist ein Tier! Ein echtes steifes Tier in einem Fellüberzug!

CLAUDIA: Ja, ein Tier in seinem Überzug!

HERBERT: Wenn Frauen handgreiflich werden. Es hält sie ja kein Geist.

KURT: Insofern es darum geht, sie zu entflammen, scheint mir der Treibstoff ausgegangen.

HERBERT: Zeit, daß wir uns vorstellen, du Sau. Aber im Moment geht mein Gesicht nicht runter.

KURT: Meins sitzt auch genau auf meinem Behagen und drückt sich aus!

CLAUDIA: Ein Tier! Hilfehilfe!

ISOLDE: Ein echtes Tier! Zu Hilfe!

Claudia: Ihr Schwänze! Eure Gesichter werden auch nicht besser sein! Wie eigentümlich! Ein Tier!

Herbert: Wenn Sie mir nur helfen würden, mich in meiner Seriosität zum Vorschein zu bringen.

Kurt: Wenn Sie nur ein einziges Mal verlieren könnten, hätten Sie mich schon gewonnen.

Herbert: Nicht jetzt aufzählen, was Sie sonst noch gern hätten. Ich kann nämlich nicht noch einmal. Waren nicht zufrieden?

Claudia: Kommt denn keiner, der es besser macht?

Isolde: Ein Tier auf dem Klo. Das ist schon was, auch wenn es nicht viel geleistet hat.

Claudia: Ein Tier auf dem Klo, das ist ungewöhnlich. Auch wenn es das Loch nicht gefunden hat.

Isolde: Ein Tier, das neben das Loch brunzt, kann nicht viele andere Kunststücke können.

Claudia: Aber daß sie etwas fressen, das nicht brav in einem Napf wartet, das trauen wir ihnen nicht zu, oder?

Isolde: Obwohl ein Tier eine Vorder- und eine Rückseite hat, kann man ihm beiderseitiges Französisch einfach nicht beibringen. Das Gutmütige geht einem bald auf die Nerven. Und das Wilde ist auch nicht jedermanns Sache.

Claudia: Auch sie werden gewiß ihre guten Seiten haben.

Isolde: Wahnsinn! Tiere auf der Toilette!

Claudia: Irrsinn! Tiere auf dem Klo!

Herbert: Es hat nicht gestimmt, was in dem Inserat stand.

Kurt: Es ist einfach nicht wahr, daß einer allein eine Behandlung jeder Art bieten kann. Er braucht die Technik dazu. Und wir brauchen eine Neigung, damit es mit uns bergab gehen kann.

Claudia: Es stimmt auch nie, wie eine Person aussieht.

Isolde: Welches Tier schätzt sich im Spiegel schon realistisch ein?

Claudia: Vor einem Hirschen auf der Straße bremst man gern.

Isolde: Wenn der Elch unsere Reizwäsche sieht, bremst er von selber.

CLAUDIA: Wenn ein Tier in einem Menschen einem Menschen in einem Menschen ähnlich sieht, dann ist man machtlos.

ISOLDE: Der Körper ist nur die Karosserie. Er schaukelt die Menschen, bis sie endlich ruhig sind.

KELLNERSTIMME VOM BAND: Finden Sie sich jetzt auf unserem Parkplatz ein! Ziehen Sie sich was Lustiges an! Seien Sie gleichsam vorhanden! Manche Personen werden zwar keine Verwendung finden. Aber selbst für reife Füllige haben wir ein Kontrast-Programm, von dem sie sich abheben können. Sogar sie werden mit einer Stimmgabel ins Fleisch gestochen werden und einen Anklang finden. Betrachten Sie sich kritisch! Andere werden Sie noch viel kritischer betrachten!

Die Damen stürzen, halb bekleidet, hinaus, gefolgt von den Männern, die sich ineinander verknäueln, weil sie mit ihren Kostümen überhaupt nicht mehr zurandekommen.

3.

Der Parkplatz. Vorn ein Auto. Es muß die übliche Nachtstimmung auf einem Autobahnparkplatz herrschen – vor allem die Scheinwerfer, die vorbeihuschen, das Vorbeizischen der Wagen, das Dröhnen, etc. Buschwerk, ein ansteigender Hügel. Überquellende Mülleimer. Menschen huschen durch die Nacht, in verschiedenen Stadien des An- und Ausgezogenseins. Mittelalterliche Hausfrauen in Reizwäsche – bitte zur Inspiration Kontaktmagazine zurate ziehen! Eine ist als weißer Hase verkleidet. Der Phantasie sind keine Grenzen gesetzt, die den Home-Videos nicht auch gesetzt wären. Alles bitte billig und schäbig: betoniertes Klohäuschen, etc. etc. Die beiden Frauen Emmi und Karin kommen herein, und zwar in Eisschnellaufbewegungen, aber als Paar nebeneinander, das muß choreographiert werden. Müssen Sie halt üben! Dahinter mit ebensolchen Bewegungen die Männer Herbert und Kurt. Sie tragen immer noch ihre Kostüme, haben sie aber, wie Overalls, zur Hälfte ausgezogen, also die Kopfteile abgestreift. Sie haben beim Eislaufen Schwierigkeiten. Das Eis-Schnellaufen kann ab und zu durch eine Paarlauf-Figur unterbrochen werden, die Männer heben je eine der Frauen kurz hoch, werfen sie auch ein bißchen in einem Sprung weg, das kommt alles auf die körperliche Gelenkigkeit der Darsteller und Darstellerinnen an. Nach einer Weile setzen sich die Männer hin.

Auf der Böschung, die spärlich mit Gras bewachsen ist, dazwischen Abfälle, wies eben so ist, die beiden riesigen Original-Tiere Bär und Elch. Der Bär sitzt auf den Hinterpfoten, ganz tierisches Sein, und frißt an einem hübschen kleinen Kadaver,

von dem man nicht genau sieht, was er darstellt, Tier oder Mensch. Der Elch hat die Vorderbeine auf die Böschung gestemmt und weidet Gras, Kräuter und Büsche. Durch ihre Schatten werden die beiden Tiere gleichsam ins Riesenhafte, Unheimliche vergrößert.
Im Verlauf der folgenden Paar-Dialoge noch folgendes: In unregelmäßigen Abständen sollen – kostümierte oder unkostümierte – Männer und Frauen, auch in verschiedenen Stadien des An- und Ausgezogenseins, die Sprechenden anspringen, zu Boden ziehen oder sich sonstwie in ihnen verkrallen, sich eine Zeitlang fast mitschleifen lassen, bis sie von der oder dem, der oder die jeweils spricht, wieder abgeschüttelt werden. Bitte sich von der Ästhetik der kommerziellen Pornofilme inspirieren lassen! Es soll immer, durchgehend durch das ganze Stück, billig und ein wenig armselig wirken, wie schon gesagt. Frisch gewagt ist sowieso nur halb gewonnen!

ISOLDE: Selbst wenn man bedenkt, wie großzügig sie sich ihre Felle zugemessen haben, war das eine einzige Enttäuschung.

CLAUDIA: Selbst Fische spielen schöner. Fischen oder über das Fischen lesen, das will mein Mann. Aber dieses Tier hat ja nicht einmal nachgedacht, was es will. Ich hätte ihm eine Änderungsschneiderei fürs Fell empfehlen sollen, vielleicht hätte es sich uns dann ein bißchen besser angepaßt.

ISOLDE: Kurt ist so ein eigentümlicher Raum. Und er ist von eigentümlichen Kleidern begrenzt. Aber dein Bär hätte sich in seinem Gewand schon ein paarmal umdrehen können, wenn er nur gewollt hätte.

CLAUDIA: Ich habe den Eindruck, des Elchen Körper hat an der Stirne etwas ausgebeult. Muß man nicht Inserate aufgeben, nur damit man dann das nicht kriegt, was man ohnehin nie gehabt hat.

ISOLDE: Ein Mörder wäre als Hoffnung für die Frau fein. Sein Verhalten wird immer interessanter, solange Zeitungen nach ihm suchen. Er gibt sich in einem Ledermantel der

Besichtigung frei, der Mantel enthüllt eine gefährliche Vorbedeutung.

CLAUDIA: Wenn man schon so ein Kostüm wählt, dann muß man es auch ausfüllen können.

ISOLDE: Und sich instand setzen, wenn sich der Körper aus irgendeinem Grund zu seinem Nachteil verändert hat.

CLAUDIA: Herbert ist wenigstens ab und zu aufgeräumt, bevor er mich wieder versaut.

ISOLDE: «Karin», wer hat uns bloß auf den Lebensweg geschickt, nur um diese Straße dann endlos wieder aufzureißen?

CLAUDIA: Nur um uns dort stehenzulassen. Da sitzt du im selben Boot wie einer, der glaubt, er ist das Boot selbst und dauernd nach Löchern sucht.

ISOLDE: Enttäuschendes Erlebnis. *Sie tritt dem Elch im Vorbeigehen gegen die Flanken. Das Tier schwankt etwas, äst dann aber weiter.*

CLAUDIA: Sie! Hat das spermageile Sie oder spermageile Sau in dem Inserat geheißen? Ein Tier hält im Wald Ruhe, das ist für alle Spaziergänger Vorschrift. Da lege ich mich zurecht auf dem neuen Überzug, den unsere Couch zu Weihnachten bekommen hat. Unsere Wohnung ist geputzt, damit Herbert sie als Sumpf benutzen kann, durch den er einmal die Woche watet. Stellt sich neben den Blumen auf. Menschen, voll wie Kaufhäuser, warten gereizt, daß sie ihre Arme bis zum Ansatz in anderen versenken können. Erfolg? Arme bis auf die Knochen abgenagt! Als ob ich ein Wühltisch wäre!

ISOLDE *macht einen großen Bogen um den Bären, der ihr freundlich ein Stück Aas anbietet*: Meinen Körper strecke ich wie ein Kissen aus. Ohne daß ich in Narkose schlafe, fällt mich einer an, meine eigene Strumpfhose schief gewikkelt um seine Hände. Frauen! Schon wenn wir uns nur ausziehen, fallen wir auf. Wir sehen anders aus als sie. Das hätten wir nicht tun sollen!

CLAUDIA, *sie reizt den Bären zerstreut mit einem Stöckchen. Der reagiert nicht. Zum Bären*: Uns haben Sie sich nicht zu ermorden getraut, gelt? Wir waren wohl nicht Ihr Typ, was? Ihr Typ sind nette junge Mädel, von denen man ein Stück Fleisch als Andenken behält und wie in Wachs gegossen vor einen Opferstock stellt, daß der Heilige einem noch einmal so ein tüchtiges Glied geben möge.

ISOLDE: Ich bin eine ältere Frau. Ich bin das Nichts von dem nichts kommt. Ich zerfalle bald zu Staub. Da wollten wir beachtet werden und waren doch viel zu schnell vorüber.

CLAUDIA: Trippeln wir weiter, um unseren Ball einem anderen anzubieten, der eine Wurftechnik erlernt hat. Daß wir endlich hochspringen und von uns wegkommen. *Tätschelt zerstreut die Kruppe des Elchs, der sich kurz umsieht und dann weiteräst.*

CLAUDIA *zum Elchen*: Haben Sie schon einmal eine Beute bestürmt, und dann ist Ihnen aufgefallen, daß Sie nur Pflanzenfresser sind? *Der Elch antwortet: «Oft!»* Mein Mann Herbert macht es so, daß die Socken ins Eck fliegen und der Prügel aus der Hose. Er selbst bleibt im Schlamm vor dem Fernseher stecken.

ISOLDE: Kurt läßt in einer solchen Situation den Motor vorsichtig wieder zurückrollen in sein Fahrzeug. Nur damit er wieder irgend etwas antreiben kann.

CLAUDIA *bietet dem Elchen ein Stück zerknüllte Packung von etwas zum Fressen an, der riecht, schüttelt heftig den Kopf, beschnuppert es noch einmal gründlich und äst dann weiter*: Da läßt man sich einmal in einem richtigen Inserat vorkommen, nur damit man in erweiterter Form in der Zeitung steht. Und dann wird man einfach ausgemustert.

ISOLDE *zum Elchen*: Herr Tier, wieso ist er Ihnen nicht so lang, wie Sie beschrieben haben, gestanden?

CLAUDIA *zum Bären*: Warum, Herr Raubtier, ist er Ihnen überhaupt nicht gestanden? Und weshalb haben Sie nachher behauptet, wir hätten einen tollen Orgasmus gehabt? Nur wir hätten ihn nicht bemerkt.

ISOLDE: Zugtiere sind wir, wie Sie nicht!

ISOLDE *klatscht dem Elch gegen die Kruppe, heftiger als zuvor, der geht ein paar Schritte, äst dann weiter.*

Die Männer haben sich niedergelassen. Ein Zug à la Sommernachtstraum überquert rasch die Bühne, wenig professionell und ungeordnet, wie ein Kindergarten, der in selbstgebastelten kläglichen Kostümen auftritt. Blumen- und Tierkostüme, aber armselig und schlecht passend. Einige Kinder dabei!

KURT *nach dem Zug haschend*: Herkommen und Zuckerl holen! Seid ihr geisterhafte Einbildung? Ganz grau und in einem Netz herumhupfend?

HERBERT *ebenso*: Seid ihr verwandelt worden? Ist gut. Wollen auch das Geschlecht des Kindes für uns nutzen, damit wir glücklicher werden!

KURT: Seid ihr auch in Wirklichkeit schön? Nicht nur, wenn euch eure Mütter im Topf ihres Leibes in Ultraschallgeschwindigkeit vorüberziehen sehen?

VERKLEIDETER: Hocken im Nestchen und sind gefährliche Vorbedeutungen!

VERKLEIDETE: Ich spaziere auf und ab, daß Sie sehen, daß ich mich nicht fürchte!

KIND: Wir laufen, Meister, wir laufen!

KIND: Jagen Sie mich nicht und laufen Sie nicht kreuz und quer durch Dorn, durch Busch, durch Sumpf, durch Wald!

KIND: Erschein nicht als Werwolf und nicht als Feuer. Ich bin doch nicht verrückt und fange Ihrethalben an zu brennen!

KIND: Will nicht grunzen, wiehern, bellen, brummen. Ich imitiere keine Stimmen! Da bin ich ganz eigen.

KIND: Nicht flammen! Nicht wie Eber, nicht wie Pferd, nicht wie Hund, nicht wie Bär und Feur zusammen!

VERKLEIDETER: Muß ich jetzt reden? Nein. Ich gehe nur fort, um die Ursache für ein Geräusch zu beseitigen. Ich werde gleich wiederkommen.

VERKLEIDETER: Wenn ich Witz genug hätte, aus diesem Wald zu kommen, so hätte ich genausoviel als mir nötig wäre.

KIND *wehrt sich gegen Herbert, der es zu greifen versucht*:

Passen Sie auf, daß Sie nicht von einem Rinderbraten verschlungen werden!

HERBERT *versucht, das Kind an sich zu reißen, das kann sich aber losmachen und, mitsamt den übrigen Gliedern des Zugs, davonlaufen*: Hallo, Kind! Du Nutztier! Du mußt mich einfach ertragen!

KURT: Isolde gönnt diesem Kind meinen großen Körper einfach nicht!

HERBERT: Weil es eine glattere Haut hat und immer davonlaufen will, wohin auch sein Ball läuft. Niemand als eine Frau bleibt einem am Schluß übrig. Mit Claudia ist es doch so: Sie kann nicht wissen, wer der Mann war, der sich unter ihr ausgebreitet hat. *Der Zug ab.*

KURT: Sie sind fort. Isolde ist nur mich gewohnt. Deswegen konnte ich ihr in einem Kostüm doch niemals gefallen.

HERBERT: Wäre ich nur ich selbst geblieben! So lautet das Anliegen von Liegenschaftseignern.

KURT: Alles hätten wir von ihnen haben können, wären sie noch Kinder gewesen!

HERBERT: Wieso sie nur auf einmal auf einem Vorspiel von einer halben Stunde Dauer bestanden haben? Das ist viel mehr als ihnen nötig täte.

KURT: Da will man dann, bevor man abspritzt, den Schwanz zum Saubermachen wenigstens einen Augenblick in ihre Fut stecken, und da ziehn sie ihm den Fußsack weg.

HERBERT: Da kriegt man ja kalte Füße, erscheine was will.

KURT: Es muß einer der beiden Tierherren gewesen sein, der Isolde schon vorher Begleitung bei ihrer Solo-Nummer angeboten hat. Horde! Herde!

HERBERT: Zum Hochstapellauf gestartet. Aber viel dunkler. Nicht wie wir.

KURT: Diese beiden Tiere? Das ist doch unstatthaft!

HERBERT: Belagern Reisebusse. Betteln um Essen. Können alles brauchen. Dunkles Fell.

KURT: Spitzelunwesen!

HERBERT: Wie Tiere. Geil ohne Anliegen. Anlieger ohne Geilheit.

KURT: Vergangene, die vors Tor der Hölle geschickt wurden, weil sie noch eine Zigarette rauchen wollten. Zögernd. Die zusammengeknüllte Zeitung mit den Stellungsannoncen wie ein Herrentäschchen in der Faust geballt. Kann jederzeit eine tödliche Waffe enthalten, die Tasche.

HERBERT: Noch ganz steif von dem Sperma, das ihnen entgegengekommen ist.

KURT: Mustern Möbel und Heimtextilien, die sie neben unseren Frauen gefunden haben. Triebwagenfahrer, die gerade erst aus dem Tunnel ihres Triebes herausgerast und völlig ausgerastet sind.

HERBERT: Müssen auf ein Inserat geantwortet haben! Ist anders gar nicht möglich.

KURT: Unsere Frauen haben mit mehr Interesse um sich herumgeschaut als wir ihnen zugetraut hätten. Minuten später taucht ein großes Tier aus dem Wald, das in den Knien einknickt.

HERBERT: Wir dachten schon, wir hätten nach all den Jahren mit unseren kräftigen Fingern ihren zufriedenen Gesichtsausdruck weggewischt.

KURT: Raus aus dem Klo, Analfans! Und auf den Fußballplatz! Die Ärsche dort bewegen sich schneller!

STIMME DES KELLNERS VOM BAND: Jetzt zerreißen Sie alle Netze und Bauten, in denen Ihnen Viecher begegnet sind! Derweil haben wir ein Video für Sie zubereitet, das mit Ihnen kurzen Prozeß machen wird. Und zwar wird der Film vorgeführt in dem nagelneuen kirschroten Audi 80 rechts vorn. Dort haben wir einen Bildschirm für Sie aufgebaut! Hoch den Wald! Runter den Schirm! Versammeln Sie sich, die Bilder sind noch warm! Dieses Futter wird Ihnen jetzt hingeschüttet, bitte treten Sie vor! Wenn ihr Po Erziehung braucht, dann los, ihr Fratzen! Hier ist euer Treff! Es betrifft euch alle! Hier seid ihr richtig.

Es erscheint in dem genannten Auto – Marke egal, je nach Sponsor, kann auch ein BMW sein oder so – ein leuchtender Bildschirm vor dem Fahrersitz. Das Innere des Wagens erhellt sich geisterhaft wie ein Tabernakelschrein. Die Anwe-

senden in ihren Verkleidungen versammeln sich und bilden eine dichte Traube vor dem leuchtenden Fahrzeug. Sie schauen durch Fenster und Türen ins Innere, auf den Video-Screen. Auch unser Quartett schließt sich an. Nur die Tiere halten kurz inne, äsen dann aber weiter.

ISOLDE *zu Karin im Hinschlendern. Ihre Männer sind schneller gewesen und drängen sich schon inmitten der anderen Teilnehmer nach vorne durch*: Das sind ja wir!

CLAUDIA: Das müssen wir sein! Licht strömt zu unserer Gestalt zusammen! Wir sind im Fernsehn!

ISOLDE: Aber nur im Privatfernsehen.

CLAUDIA: Ich habe in das zum Schreien aufgerissene Maul von einem Tier hineingesehen und möchte das jetzt wiedersehen.

ISOLDE: Reißen nur die Schnäbel auf, wie die Unsrigen zu Hause. War unsere ganze Grazie umsonst.

CLAUDIA: Blühende Söhne werden vom Krieg zerschmettert, doch wir dürfen nicht einmal zehn Deka gefährliches Leben erbeuten.

ISOLDE: Ich habe es mit Kurt schon erlebt, daß mein Nacken unter seinen Zähnen geknirscht hat. Wer wechselt mir zehn gute Jahre, und zwar die letzten, gegen eine neue prallere Form ein? Der Kuchen, den das Leben aus mir geknetet hat, rollt jetzt wie eine Lawine auf mich zu. Neue Jugend wartet auf Kurt im Gesträuch, und sie wartet nicht gern.

CLAUDIA: Dieser Bär hat das, was er geleistet hat, im Ernst Verlangen genannt.

ISOLDE: Alles ist spannender als Kurt, wenn er in seinen Sitz zurücksinkt. Alle Flüssigkeiten hat er bereits beim Autofahren Tempo 180 verloren.

CLAUDIA: Wir hätten die Autositze mit Plastik überziehen sollen.

ISOLDE: Nicht einmal den Hund in sich lassen sie laufen. Pfeifen ihn gleich zurück. Und auch er ist zahm wie wir. *Aus dem Wagen Lichtgewaber und Luststöhnen. Das Publikum drängt sich darum.*

CLAUDIA: Schnell hin! Sonst sehen wir nichts mehr.

ISOLDE: Sie waren schneller fertig als sie wollten. Diese Leopardenfell-Imitationen.

CLAUDIA: Waren wir zu bescheiden? Wenn wir ein Inserat aufgeben, melden sich garantiert nur Senioren, die den ganzen Tag nichts zu tun haben in ihrem Tagesfreizeitheim.

ISOLDE: Ungebundene Senioren, denen das Leben jede Verbindung zu ihren Fußnägeln gelöst hat. Das Gebiß schwimmt neben ihnen im Glas. Ihr Gebißreiniger ist aktiver als sie. Bin ich auch bald. Schwimme heute noch im Pool, aber morgen bin ich ganz daneben. *Beide spähen ins Auto. Begeisterung.*

CLAUDIA: Wir sind das! Toll.

ISOLDE: Das sind ja wir! Phantastisch! Schau, «Karin»! Schau, der Tierkopf, schematisch dargestellt von hinten, und da, ein Mund, vielleicht meiner, der dem Tier zwischen die Hinterpfoten gehängt ist wie ein Teebeutel. Schön!

CLAUDIA: Höchstens Kräutertee. Sagenhaft. Eine Stellung, die uns das Leben bisher immer verweigert hat. Gut schauen wir aus, finde ich. So heimelig, weil wir uns ja seit langem kennen. Toll!

ISOLDE: Und jetzt – nie so geschmeckt! – Jetzt holt er sein Spatzi zum Wichsen heraus, überlegt dann aber und hält es dir hin. Oder bin das ich? Fesch! Irre, echt irre! Kenn ich aber die Größe. Wo hab ich die schon einmal gesehen?

CLAUDIA: Auch ich kenne diese Form von irgendwoher. Nicht schlecht. Das nächste Mal gehen die Aktivitäten aber von uns aus. Nicht daß uns wieder einer vorkommt!

ISOLDE: Aber vorsichtig sein, sonst glauben die Männer, es gibt so viele Möglichkeiten wie wir sie ihnen beschreiben, und sie melden sich dann nicht.

CLAUDIA: Diese Form habe ich schon oft gesehen, aber in einem anderen Zusammenhang. Das heißt, sie ist immer nur gehangen.

ISOLDE: Diese Gestalt ist oft bei mir zu Gast, vielleicht wohnt sie sogar dort!

CLAUDIA: Als stünde ganz Leoben mit Prospekten hinter uns.

Isolde: Herbert! Mein Gott, Herbert! Dann muß das Kurt sein! Der steht nun einmal nicht gern auf. Kurt! Super warst du! Super! *Drängt sich zu Kurt durch.*

Claudia: Ist das Kurt, dann muß das Herbert sein. Toll warst du, Herbert, so toll warst du ja noch nie, bevor du ein Kostüm angezogen hast! Du stehst ja auf wie von den Toten! Einzigartig! Unartig!

Claudia: Jetzt schau dir das Wesen von diesem Menschen an! Ist das nicht international?

Isolde: Jetzt schau dir diesen Kurt an! Wie er da im Wachsen ist, ich meine am Wichsen! Sag ein Wort! Zeig dein Ding! Ja! So!

Claudia: Wenn man sich vorstellt, daß bei einem Urlaub am Plattensee womöglich noch sechs Personen dazukommen könnten, Menschen mit absolut Seelen! Grandios. Patente ungarische Paare! Super! Und alle trauen sie ihren Augen nicht und nehmen die Hände zuhilfe. *Sehr laut Stöhnen vom Band.*

Isolde: Ich sehe auf diesem Bild den Partner ruhig an. Keine Gefahr, daß ich ihn verstehe.

Claudia: Extraterrestrisch, Herbert! Wie du das Frauenbild findest und dir dann selber ausmalst!

Isolde: Wenn die Natur dich nicht so gewollt hätte, nie hätte sie dich so deutlich ausgeprägt, Kurt!

Claudia: Es war einfach ... einfach ... Klar, es war einfach!

Isolde: Es war doch so, Kurt, als ob deine Maße und deine Maßlosigkeit auf einem kleinen Zettel an dir befestigt gewesen wären. Das ist der Preis.

Claudia: Nicht alle Frauen sind so mollig und so mobil wie wir.

Isolde: Nicht mobil, Claudia, automobil!

Claudia: Urlaub im Reisezug. Deshalb bist du so gut gewesen, Herbert. Gedichtig gewichtig, weil du so ausgeruht ausgestiegen bist.

Isolde: Ultra! Ultra! Kontra! Ultra! Konträr!

Die Frauen springen ihre Männer förmlich an, hängen sich an sie, die Männer schütteln sie etwas unwillig, beleidigt, ab. Ein kleiner Ringkampf, der von den Zuschauern interessiert beobachtet wird.

ISOLDE: Jetzt hör auf mich, Kurt.

CLAUDIA: Jetzt höre buchstabengetreu auf mich, Herbert!

HERBERT: Da glaubt der Mann, er kehrt heim, und da kommen bereits die Paare an, die in einem Inserat mitsamt ihren Tutteln und Schwänzen aufgeschrieben waren. Von einem Polizisten. Im Zellenblock des Lebens.

KURT: Das Geschlecht hat als Ware den ganzen Menschen hinten auf den Soziussitz draufgepackt. Diese einspurigen Fahrzeuge! Gefahr! Gefahr! Der Mensch bremst dauernd mit seinem eigenen Geschlecht!

HERBERT: Das Wandern endet, wenn man beginnt heimisch zu werden. Man wird nicht heimisch, nur weil man zu müde zum Wandern ist.

KURT: Ihr kennt wohl euren Bestimmungsort nicht mehr, Isolde, Claudia.

CLAUDIA: Nur euch haben wir in der Höhle des Tieres als Stehaufmänner gesehen.

ISOLDE: Es war uns immer klar, daß nur ihr der Mensch im Tier sein konntet.

CLAUDIA: So weit laufen wir für ein Tier, und am Ende seid es immer nur ihr!

Sie hängen sich an die Männer und werden ein Stück von ihnen mitgeschleift. Die Männer eilen keuchend und wütend auf die beiden Totem-Tiere zu, die im Fressen innehalten und aufmerksam werden. Sofort beginnen die Männer, noch außer Atem, auf die Tiere einzuschlagen.

BÄR *zuckt unter den Schlägen zusammen, hält bittend ein Stück Aas hin, wie um Frieden bittend*: Bitte! Ein Stück anbieten? Ist genug da für alle.

ELCH *ebenso*: Frieden bitte! *Weicht etwas zur Seite, wird geschlagen.* Ist genug Gras da für alle zum Fressen. Kann ich gern ein Stück rücken. Auf der Erde ist ein Platz, und der Himmel wirkt herab.

BÄR: Richtig, was mein Kollege sagt. Im Essen sind wir Tiere unzertrennlich, weil eins das andere ißt.

ELCH: Ich halte mich an die Kräuter, die gegen mich gewachsen sind. Bin keine Konkurrenz für Sie!

KURT *tritt den Elch gegen die Flanken, daß dieser wankt*: Ausländer halt! Müßt immer beschmieren, was uns heilig ist.

HERBERT: Unnütze Wesen! Von keinem Tier hat man je gesehen, daß es als Gast von einem Tisch zurückgewichen ist.

KURT: Diese Geschöpfe mit ihren plastischen Formen – *tritt* – wollen zuerst mit uns bekannt werden und dann auch noch vom Tisch alles wegessen.

HERBERT: Nehmen uns unsere Frauen auch noch weg.

KURT: Sind ja nur Frauen, weil wir Männer sind. Dann kommt die Nacht. Ein Fremder zwängt sich als Geschlecht zwischen uns und Gott hinein.

HERBERT: Raus hier! Raus hier!

BÄR: Bitte helfen beim Essen! Alles freiwillig! *Schwankt.*

ELCH: Genug Platz für alle. *Schwankt.*

HERBERT: Raus aus uns, wo ihr als Schamteile herumsitzt und nur Arbeit macht!

KURT: Ihr erinnert uns nur an die Dunkelheit in uns! Raus! Raus raus!

Es beginnen jetzt auch die anderen Orgienteilnehmer zu den Tieren hinzuströmen und auf sie einzuschlagen.

ISOLDE: Die armen Viecherln! Die haben doch keinem Menschen was getan! *Schlägt.*

CLAUDIA: Wesen der Nüchternheit! Gegensatz zum Menschen. Sind definitiv unschuldig! *Schlägt.*

ISOLDE: So endet euer Spaziergang, weil ihr keinen Herrn habt. Vorbei mit dem Suchen und Schnuppern und überall Hinpinkeln! Nicht einfach rennen und Erscheinungen mißachten! *Schlägt.* So arme Tiere! So unschuldig.

CLAUDIA: Die Natur ist immer die Antwort auf dumme Fragen. *Schlägt.* Nix mehr laufen durch die Nacht, du! Selber finster werden! Mehr wie wir sein! Mehr wie wir sein!

Die Tiere werden verdeckt in der Menschenmasse.

KURT: Rasch hindurch durch die Ebene. Hier könnt ihr nicht bleiben.

HERBERT: Als ob ihr beim FKK stören würdet. Hier wollen wir selbst das einzig Wilde sein!

BÄR: Au! Sie haben unser Gemüt vergessen. *Bricht zusammen.*

ELCH: Au weh! Ich wollte Ihnen doch das Höchste zukommen lassen. Wer achtet auf meine Sanftmut? *Bricht zusammen. Beide Tiere werden von den Menschen förmlich begraben.*

BÄR *erstickt*: Jetzt können Sie meine Nahrung haben.

ELCH *ebenso*: Sie können jetzt mein Fleckerl Erde haben.

KURT: Weg! Im Kessel werden schon wir gekocht!

HERBERT: Genau. Wir sind unsere alleinige Diät.

Die Gruppe lagert sich jetzt am Boden. Sie haben Fleischstücke aus den Tieren gegessen und beginnen, an den Knochen zu nagen. Plötzlich kriechen, deutlich sichtbar, aus den am Boden ausgebreiteten leeren Tierfellen zwei japanische Philosophiestudenten heraus, in korrekten Anzügen und mit Krawatten, es ist ganz deutlich, daß sie die Tiere gewesen sind. Sie tragen Electronic Books von Sony – Werbewirkung! –, aus denen sie ihren Text ablesen. Sie steigen unberührt aus dem Fell heraus, trennen sich von der fressenden Menschengruppe und kommen auf die Vorderbühne. Das Licht der Electronic Books wirft einen bläulichen Schein auf die Gesichter. Ich nenne die beiden S1 und S2. Hinten die Orgie der Fressenden, die die Knochen über die Schultern werfen. Auf Monitoren werden jetzt schöne Tierfilme gezeigt, in denen Bären und Elche unversehrt und glücklich in der Natur herumstehen und fressen oder gefressen werden. Die Studenten sprechen in großer Ruhe.

S1: In der Natur wird nicht nachgedacht, es wird einfach gemacht. In dieser riesigen Leere des Zeigens und Zeugens werden wir, die Wünschelrute zitternd vor uns hinhaltend, herausgefordert, etwas herauszulesen.

S2: Ja. Etwas, das versteckt war. Oder haben wir es gar selbst geschaffen? Ist aus der Form ein Menscheninsekt gekrochen und hat seinen Panzer zurückgelassen, oder soll der Mensch erst in diese Form, die da auf ihn wartet, hinein?

S1: Es brechen Risse auf, in denen das Unerklärliche sich zurückmeldet. Dann wieder seltsame Rückstände, die die Form von etwas bewahrt haben, aber die Form von was?

S2: Wir zwängen uns der Natur auf, bis nur unsere Gestänge, unsere Gestänke übrigbleiben.

S1: Warum muß der Raum, der doch so schön war, jetzt seinen eigenen Bühnenvorhang aufhalten, um uns als Hervorbringung zu zeigen?

S2: Weil wir größer sein wollen als wir je waren und doch nur so groß sein können wie die Form, die für uns gedacht war.

S1: Sollen wir unseren Fortbestand retten oder nicht?

S2: Nur damit wir in diesem riesigen Raum etwas zu bestellen haben in dem Versandhauskatalog, der uns immer nur uns selbst anbietet. Wie viele Raten wir auch zahlen, wir bekommen uns nie ganz.

S1: Wir kommen nie ganz zu uns.

S2: Dafür aber hinterlassen wir Spuren von uns.

S1: Hat sich das Verborgene vielleicht schon ereignet?

S2: Es ereignet sich nichts als Unverborgenheit. Wir schauen immer nur zu Boden, ob wir etwas von uns aufheben können.

S1: Wie sehr vermessen wir uns haben, indem wir das uns Angemessene produzieren wollten!

S2: Ein Wunderwerk ist diese Elektronik. Es gibt ein Aufnahmesystem, das seinen Gegenstand sofort hoch auflöst.

S1: Es genügt, daß wir Kameraden sind und uns die Kamera teilen.

S2: Schau! Hier stehen die Berge beisammen und tun absolut überhaupt nichts.

S1: Solange eine Spur gelegt ist, kann keiner verleugnen, daß er da war.

S2: Wie man uns in den Wald hineinjagt, so kommen wir als Echo wieder zurück, das die Erinnerung an den Schrei verloren hat.

S1: Hier haben sie alles Wirkliche bereits als Ernte zusammengerafft.

S2: Die Jäger greifen danach.

S1: Einen Anspruch haben sie auf ihre Beute, diese weiße weiche Ware.

S2: Leere Kokons, aus denen diese Gefräßigen sich längst herausgebissen haben.

S1: Sie beruhen auf nichts als auf sich.

S2: Dem Aussehen nach könnte einmal Schreckliches aus ihnen seinen Ausgang nehmen.

S1: Das wären wieder nur sie und ihre böse Art.

S2: Vielleicht Gefäße, die ihre Form behalten, nachdem sie sich ihnen längst entzogen haben.

S1: Wenn sie sich zurückgeben, dann wird es zu spät sein, ihre Herstellung noch einmal zu überdenken.

S2: Dann sind sie da und beenden alle Dinge, die sie nicht sind.

Vorhang

WOLKEN.HEIM.

Dank an Leonhard Schmeiser
(«Das Gedächtnis des Bodens»)
und Daniel Eckert.

Da glauben wir immer, wir wären ganz außerhalb. Und dann stehen wir plötzlich in der Mitte. Heilige, die im Dunkel leuchten. Wir sind immer fassungslos, wenn auch nur einer uns im Gedächtnis behält, über eine Zeit hinaus. An den Wegrändern sprechen sie seit Jahren und Jahren heimlich über uns. Das bilden wir uns nicht ein! Ein schönes Gefühl, in der Nacht über unsre Autobahnbrücken zu fahren, und unten strahlt es aus den Lokalen: noch mehr Menschen wie wir! Ein heller Schein. Die Figuren, Fremde wie wir, Reisende, strömen in die Busbahnhöfe, um sich zu verteilen, von Ort zu Ort, und wir kommen über sie wie der Regen, der zeitig in der Früh die Schuhe durchnäßt. Oder eines Tages an einer Wegkreuzung, wo wir uns stauen, Menschenfluten. Dort ist nichts, aber es strotzt vor lauter Zeichen von uns. Nach uns kommen andere, aber wir sind nicht nichts! Uns wird der Kopf schwer von uns. So zu fahren, das macht uns einzigartig. Da können sich noch so viele Schienen überkreuzen, wir liegen übersichtlich vor uns und den anderen Wanderern, gute, markierte Wege. Jetzt sind wir zuhaus und erheben uns ruhig.

Regt sich ein Sturm, wird das Jahr kalt, dann geht das Licht über unser Haupt, wir sind bei uns. Wo lebt Leben sonst? Schön bei sich sein. Wie wenn am Feiertage, das Feld zu sehn, ein Landmann geht, des Morgens, wenn aus heißer Nacht die kühlenden Blitze fielen die ganze Zeit und fern noch tönet der Donner. Wir schaudern vor den andren. Wir führen uns ebene Wege. Wir weichen nicht aus, denn wir gehören uns. In sein Gestade wieder tritt der Strom, und frisch der Boden grünt. Schön bei sich sein und bleiben, und es trinken himmlisches Feuer jetzt die Erdensöhne und kommen zu uns ins öde Haus. Es gibt uns. Es gibt uns. Wir sind allein, aber schön bei uns. Des Vaters Strahl, der reine, versengt uns nicht und tieferschüttert, die Leiden des Stärkeren mitleidend, bleibt in den hochherstürzenden Stürmen des Gottes, wenn er uns naht wenn er uns naht. Wir sind bei uns zuhaus.

Gerettet. Das Licht scheint auch den Toten, aber wir machen uns breit drunter, liebliche Gärten. Die Freiheit das einzig Wahrhafte des Geistes. In uns haben wir unsre Mitte und sind zuhaus. Droht uns der Nordwind auch, wir fallen nicht von den Ästen ins Laub. Wir bleiben sitzen. Ruhig lächeln wir. Daheim. Wir haben nicht die Einheit außer uns, wir haben sie gefunden, sie ist in uns selbst und bei uns selbst. Die Freiheit. Die Materie hat ihre Substanz außer ihr, der Geist aber ist das Bei sich selbst Sein. Wie wir. Wie wir. Zuhaus sein. Bei sich sein. Verharren und es kommen sehn! Und was wir sahn, das Heilige, ist unser Wort. Und hielten wir uns in der Nacht, wir wären doch geduldig in unserm Bann und lächelten uns an. Wir wären uns gewohnt und wohnten unter uns. Wir glauben uns. Zu Haus sein, wenn Hohes wir entwerfen, so ist von neuem an den Zeichen, den Taten der Welt jetzt ein Feuer angezündet. Und wir, in Knechtsgestalt, doch Herren, aus denen der Laut des Herrschens quillt, wir sind erkannt. Zuhaus sein, von dort die andern sehn mit ihren stumpfen Stirnen, begraben im Boden wie Gold, Untote, wir aber sind zuhaus, wo wir hinwandeln zwischen Himmel und Erd und unter den Völkern das erste. Des gemeinsamen Geistes Gedanken sind, still endend, in unsrer Seele. Wir bezeugen uns: wir sind hier.

Uns gehören wir.

Wir sind bei uns. Nach festem Gesetze, wie einst, aus heiligem Chaos gezeugt, fühlt neu die Begeisterung sich, die Allerschaffene wieder. Es reißt uns hinauf, und nichtig fallen wir wieder zurück in Gefängniswände, doch hier sind wir. Egal, was über den Köpfen uns hängt. Wir sind hier. Unser Haus, gefüllt mit unserer Sprache, die auf uns ruht wie die Natur, die uns wiegt. Sprache und Leben, und sinnlos das übrige. Wir sitzen selig mitten im Leid. Wir stehen auf, weil alles Warten und Gedulden doch vergebens war, und wir wie Pappeln blühen. Unser Wort genügt. Doch die Jahre der Völker, sah ein sterbliches Auge sie? Haben wir sie verkürzt, daß sie tiefer sich beugen, daß die leisesten Saiten ihnen verstummen vor uns? Daß enden mögen mit Freuden sie vor uns? Oder geduldig auch wohl im furchtsamen Bann wohnen, vor uns? Wenn sie alle, mit denen wir vormals trauerten, wenn unsre Städte nun hell und offen und wach, reineren Feuers voll sind und es auf andre werfen, wo einst die Musen waren. Wir sind wir. Zu eng begrenzt unsre Lebenszeit, zu enge Grenzen, wir schießen hervor, wir quellen wie Laut aus der Brust, wir gönnen den andern keine Blicke. Wir sind wir und scheuchen von allen Orten die anderen fort. Es rinnt uns Geist von der Stirne. Zu eng begrenzt unsre Lebenszeit. Die Orientalen wissen es nicht. Sie wissen nur, daß Einer frei ist, aber ebendrum ist solche Freiheit nur Willkür, Wildheit, Dumpfheit und Leidenschaft, und die Milde ein Zufall. Wir aber wir aber wir aber. Wir Lieben! Auch uns, so will es scheinen, kann niemand von der Stirne nehmen den Traum! Aber wir Guten, auch wir sind tatenarm und gedankenvoll! Wir! Aber kommt, wie der Strahl aus dem Gewölke kommt, aus Gedanken vielleicht, geistig und reif die Tat? Folgt die Frucht, wie des Haines dunklem Blatte, der stillen Schrift? Und das Schweigen im Volk, ist es die Feier schon vor dem Fest? Oder die Ruh vor dem Sturm? Oder der Wind, der vor dem Gewitter herfliegt? Oder wer scheucht uns hier fort, wir sind hier zuhaus! Wir sind hier zuhaus.

Vernehmlich sind wir laut, nie schlummern wir hinunter. Es gehört uns. Ohne Namen und unbeweint sind die andern. Wir sind hier zu Recht! In unsren Tälern wacht unser Herz uns auf zum Leben. Wir Wanderer, doch wir kommen wieder! Wir sind, unser gewohnt, weiter gegangen als wir wollten, doch wir kommen zurück. Wir blicken hinüber, den

Nachbarn nicht fürchtend, wir treten ihm aufs Haupt. Wild ist und verzagt und kalt von Sorgen das Leben der Armen, und doch sind sie zuhaus. Es gehört ihnen, sie gehn ruhig ihre Bahn. Und die Zeit wächst. In unsren Tälern wacht unser Herz uns auf zum Leben. Wir Wanderer. Aber auch indem wir die Geschichte als diese Schlachtbank betrachten, auf welcher das Glück der Völker, die Weisheit der Staaten und die Tugend der Individuen zum Opfer gebracht worden, wo entsteht dem Gedanken, so entsteht dem Gedanken notwendig auch die Frage, wem, welchem Endzweck diese ungeheuersten Opfer gebracht worden sind. Wer hat es begonnen? Wer brachte den Fluch? Die zuerst das Maß verloren, unsre Väter, sie wußten es nicht, aber sie wollten es, es trieb ihr Geist sie. Unstet wehn, dem Chaos gleich, dem gärenden Geschlecht die Wünsche umher. Und sie treiben mit ihnen herum, schlau lächelnd. Die Hand strecken wir nach dem Nachbarn aus, um seine Wege in die sträubenden Wolken zu lenken und uns an seine Stelle zu setzen und auszuruhn. Wir brauchen Raum. Wir brauchen Ruhm! Wir sind noch nicht fertig. Es gehört uns, wir sind nicht von gestern. Froh kehrt der Schiffer heim an den stillen Strom, von Inseln fernher, wenn er geerntet hat. So kommen wir zur Heimat, und hätten wir auch Güter so viele wie Leid geerntet. Ihr teuern Ufer, ganz gehört ihr uns, und ein goldener Herbst verwandelt dem armen Volk in Gesänge die Seufzer. Wir sind bei uns daheim. Und die Selbstsucht steht am ruhigen Ufer und von da aus sicher genießt sie des fernen Anblicks verworrene Trümmermasse. Die andern haben auf eigenem Boden nicht das Sagen. Wir spülen sie fort mit unsren Schläuchen. Schlau sitzen wir auf ihren Plätzen und klar sind unsre Augen. Es gehört uns. Verehrte sichre Grenzen, der Mutter Haus und liebender Geschwister Umarmungen begrüßen uns bald und ihr umschließt uns, daß, wie in Banden, das Herz uns heile. Das Dach der Bäume umschließt unsre geselligen Füße. Tag und Nacht gehn über uns still hinweg, wir kauern uns zusammen und betrachten uns und was andre uns brachten. Wir erfreuen uns an der Nachbarn dämmrigen Gestalten. Drum steigen wir in unsre Busen nieder, gleich einem Schacht, vieltausendfacher Schrei, und graben, kalt wie Erz, uns ein vernichtendes Gefühl hervor. Da sind sie, die andern! Jagt sie, bis seliger Tage Erinnerung sie gewesen sein werden. Sie sollen das Zeitliche segnen! Wie leergetrunkene Flaschen träufeln auf unsren Boden, der uns aufnimmt und, Untote, wieder ausspuckt. Fern noch tönt unser Donner. Wir sind hier. Dort sind die andern. Aber wir nicht, wir nicht! Wir gehören uns. Und immer wieder, wie Kinder, schuldlos sind unsre Hände.

Die Neger, sehn wir sie an, sind als eine aus ihrer uninteressierten und interesselosen Unbefangenheit nicht heraustretende Kindernation zu fassen. Sie werden verkauft und lassen sich verkaufen, ohne alle Reflexion darüber, ob dies recht ist oder nicht. Das Höhere, welches sie empfinden, halten sie nicht fest, dasselbe geht ihnen nur flüchtig durch den Kopf. Sie blühn bewußtlos an ihren Ufern. Ach, wie gebrechlich ist der Mensch! Noch vor kurzem, hoch auf des Lebens Gipfeln, rauschten wir!

Hinaufgerissen hat's uns in den Schnee, uns junge Helden, Wange an Wange, mühelos tönend von unsrem Gesang. Und jetzt sind wir wieder zuhaus, unser Wirken fördert eine stillere Sonne. Die andren sind unten, tief im Tal. Wir aber, wir aber! Sind wieder zuhaus, schlafen und frieren am kalten Ufer geduldig, aber zuhaus. Bei des Fremdlings besondrer Stimme stehen die Herden auf, es regen sich die Wälder, es hört tief Land den Stromgeist fern, und schaudernd regt im Nabel der Erde der Geist sich wieder. Wir aber, wir lassen alle ruhen auf ewig. Wir aber stehn wieder auf. Wir gehören her und pflegen uns mit sorgender Liebe. Wir sind nicht die andren. Wir sind in uns, und sogar Gott bleibt draußen, er donnert und wird nicht erkannt. Wir brauchen ihn nicht. Für unsern Geist muß Gott mehr als ein Donnerer sein. Er geht mit uns, er gehört uns, oder er kann gehn. Wir brauchen nur uns! Bei den Negern aber führt nichts zum Bewußtsein eines Höheren. Der erste beste Gegenstand, den sie zum Genius erheben, ein Tier, ein Baum, ein Stein, wird ihre Macht. Wir sind wir! Gott, dort droben, er gehört uns! Nur uns rettende Stätte, nicht den andern. Oder er kann gehn. Die Neger. Nichts ihnen Verschiedenes, sondern gleichgültig was, die Willkür bleibt Meister ihres Bildes. Wir aber, uns segnet er, denn er kennt und gehört nur uns. Was schlafen sie, die Bergsöhne? Kennen drunten vom Vater die Boten nicht! Sie kommen zu uns! Doch wären wir nicht, niemandem tönte es in der Brust, über alles wandelt Gott hinweg, nicht aber über uns! Wir halten ihn, damit unser Traum nicht ende. Und tief quillt's, wenn hoch im Felsen wir schlafen, uns auf. Im Zorne reinigen wir, die Gefesselten, uns. Und mit liebenden Armen häufen wir Himmel uns auf die Schultern. Und wie Furien zerstören wir Nachbarschaft, wo andre gewachsen sind. Die müssen fort! Nur uns leuchtet über festem Boden das Leben.

Hiermit tritt dann das Germanische Reich, das vierte Moment der Weltgeschichte ein: dieses entspräche nun in der Vergleichung mit den Menschenaltern dem Greisenalter. Immer waren wir hier! Das natürliche Greisenalter ist Schwäche, das Greisenalter des Geistes aber ist seine vollkommene Reife, in welcher er zurückgeht zur Einheit, aber als Geist. Wir sind bei uns, unser Eigentum. Zufrieden reifen wir in unsrer Glut und blicken geschäftig zum Himmel, was kommt. Wir wissen es, denn wir wurzeln im Grund. Und werfen alles wie Kinder die Steine in den Abgrund, von Fels zu Fels. Wo, begehrt auf der Erde überall, könnten wir uns niedersetzen als hier, als hier. Wohl tut die Erde, zu kühlen. Wir haben den langen Weg zu machen. Bis wir bei uns sind, aber dann, aber dann, aber dann, wir sind unser Ziel! Und wir sind hier. Wir sind angekommen. Im Finstern wohnen die Adler, und furchtlos gehen wir Söhne über den Abgrund weg auf schmalen Straßen. Drum, da gehäuft sind rings die Gipfel der Zeit, und die Liebsten nah wohnen, ermattend auf getrenntesten Bergen, so gib unschuldig Wasser, so eil über unsre Hände, damit das Beste wir halten. Wir gehören uns und behalten alles. Wir schlafen über alles, aber einmal stehn wir auf. Und schauen in fremde Wohnungen, betasten alles und nehmen uns auf. Es gehört uns. Wartet nur! Was das Auge faßt, gehört uns. Die Länge der Zeit ist etwas Relatives, und der Geist gehört der Ewigkeit an. Eine eigentliche Länge gibt es für ihn nicht, und wir sind wir und dauern fort, wir sind noch fern, aber gleich sind wir da, Engel der Geschichte. Wir dauern fort, im Zwielicht, da wir gingen, im schattigen Wald, durch die Bäche der Heimat. Sie gehört uns. Wir! Nimmer kennen wir die Länder, doch bald, in frischem Glanze, geheimnisvoll im goldenen Rauche, blüht schnellaufgewachsen, eines, das wir nicht kennen. Und wir nehmen es uns. Wir sind fremd plötzlich. Aber wir nehmen es uns. Wir nehmen es plötzlich. Geblendet suchen wir uns, wir sind von Fremdem umschattet. Hier sind wir schon! Und finden außerdem im Osten die slawische Nation, die sind wir nicht! Die sind wir nicht! Ein Teil von ihr ist von der westlichen Vernunft erobert worden. Dennoch aber bleibt diese ganze Masse aus unsrer Betrachtung ausgeschlossen, weil sie bisher nicht als ein selbständiges Moment in der Reihe der Gestaltungen der Vernunft in der Welt aufgetreten ist. Ob dies in der Folge geschehen werde, geht uns nicht an, denn in der Geschichte haben wir es mit Vergangenheit zu tun. Wir sind uns selbst kein Rätsel. Wir finden schlafend uns in diesem Tal, das einer Wiege gleich uns bettet. Wie Federn umwehen uns die Lüfte, eine Göttin scheint uns zu pflegen, oh, ihr Freunde! Bleibt, wenn ihr seid wie wir! Da erwachen wir und blicken wie ein neugebornes Glück uns an. Und offen liegen wir vor uns wie ein schönes Buch, das sanft den Geist zaust. Und gehn wir noch so sehr in die Tiefe, wir können uns nicht fassen und unsre Gebärden nicht. Schon längst ist uns der Boden entzündet, der uns aufnimmt und wieder hergibt. Uns ist gegeben, an keiner Stätte zu ruhn. Der Boden hält uns nicht, er gibt uns wieder her. Es zieht des Lebens Forderung uns ab zuweilen, denn das Gemeine will ein Opfer auch, doch immer kehrn wir wieder zu dem vertrauten Geist zurück, der in der Götter, unsrer Sprache uns die Welt erklärt. Die uns gehört. Und kein Geheimnis uns verbirgt als das Geheimnis nur von unsrer eignen Schönheit, das selbst ergründet werden muß. Nun sind wir hier, verschlossne Briefe, aber hier. Vor uns liegen wir, Untote, im Staub. Und kommen wieder hervor aus dem Boden, ewig sitzende Kinder auf Stühlen und Bänken, übertönt von unsren eigenen Lauten, die wir stammeln. Der Boden faßt uns nicht. Wir suchen das Weite und fassen es. Wir fassen es, und es gehört uns für immer.

Wir sind bei uns, erdentrückt. Auf der Erde kommen wir nicht zur Ruh, noch als Begrabene bleiben wir gegenwärtig, und wir kommen wieder, wir kommen wieder! Der Boden ist unser Übergang, hinüber ans Ende der Zeiten. Das Ende der Geschichte ist uns mißlungen. Sie kommt immer wieder auf uns zu, rasend auf ihren Schienen. Warum stirbt sie nicht? Was haben wir getan? Was haben wir getan? Warum wächst ihr die Hand aus dem Grab? Und zeigt auf uns? Wir wollen vergessen werden. Nur bei uns sind wir zuhaus. Die Blindesten aber sind Göttersöhne, denn es kennt der Mensch sein Haus und dem Tier ward, wo es bauen sollte. Doch jenen ist der Fehl, daß sie nicht wissen wohin, in die unerfahrne Seele gegeben. Denn wie wir anfingen, werden wir bleiben, soviel auch wirket die Not und die Zucht. Das meiste nämlich vermag die Geburt, und der Lichtstrahl, der dem Neugeborenen begegnet. Hier sind wir, aus heiligem Schoße glücklich geboren, in Städten, die wir gegründet haben. Und doch, zur Ruhe kommen wir nicht im Boden. Unsre Geschichte ist die der Toten, bis der Boden endgültig verstummt. Nicht lieben wir, wie andre Kinder, in Wickelbanden zu weinen. Lachend zerreißen wir die Schlangen und stürzen mit der Beut. Und wenn in der Eil ein Größrer uns nicht zähmt, uns wachsen läßt, wie der Blitz müssen wir die Erde spalten, in der wir rastlos liegen, und die Bezauberten fliehn die Wälder uns nach und, zusammensinkend, die Berge. Wir sind hier. Wir sind angekommen und ruhn uns aus. Keiner will sparen uns das eilende Leben. In seiner Höhle suchen wir den Wolf. Es kann nicht fehlen, glaubt es uns, es geht für alles ja, was heilig ist und hehr, für Tugend, Ehre, Weib und Kind und Leben. Denn die kranke, abgestorbne Eiche steht dem Sturm, doch die gesunde stürzt er nieder, weil er in ihre Krone greifen kann. Nicht jeden Schlag ertragen soll der Mensch, und welchen Gott faßt, denk ich, der darf sinken. Wir, wir Menschen fallen ja nicht für Geld, auch nicht zur Schau. Wir sind hier, in den Boden zu sickern wie Wasser. Von Klippe zu Klippe geworfen, Jahr lang ins Ungewisse hinab.

Geh zu deinen Freunden, die du dir gewählt, dort steht ein Mensch, den kenn ich! Aber komm wieder! O nehmt uns, nehmt uns mit in die Reihen auf, damit wir einst nicht sterben gemeinen Tods! Umsonst zu sterben, lieben wir nicht, doch lieben wir, zu fallen am Opferhügel fürs Vaterland, zu bluten des Herzens Blut fürs Vaterland – und bald ist's geschehn! Zu euch, ihr Teuern! Komm ich, die mich leben lehrten und sterben, zu euch hinunter! Der Boden faßt uns alle, und, mit unsern Körpern getränkt, nehmen wir ihn uns wieder. Laßt uns schreien, denn wir wollen wieder geboren werden! Aus der Erde, die uns gehört, nachdem wir die Nacht verjagt haben. Sie gehört uns! Wir wohnen hier! Brüderlich ist's hier unten bei uns, und Siegesboten kommen herab von euch. Lebe droben, o Vaterland, wir, hier unten, achten auf dich und stoßen die Schätze des Bodens mit unsern müden Füßen ans Licht. Zähle nicht die Toten! Dir, Vaterland, Liebes, ist nicht einer zu viel gefallen. Zu lang schon walten wir unter den Füßen der andern, jetzt ist es Zeit, du in der dunklen Wolke, Gott der Zeit! Jetzt kommen wir und sind zuhaus dort unten. Die Erde bebt. Wir zittern dort in unsrer eignen Kälte und wärmen unsre Körper aneinander. Hier sind wir alle. Und einmal treten dann endlich wir in vollendeter Klarheit heraus. Leben das Neue oder lassen das Nichtige wenigstens entschieden fallen und stehen aufmerksam da, ob irgendwo der Fluß des Lebens uns ergreifen wird oder, falls wir nicht so weit wären, die Freiheit wenigstens ahnen und sie nicht hassen oder vor ihr erschrecken, sondern sie lieben. Wir wir wir! All diese ursprünglichen Menschen wie wir, ein Urvolk, das Volk schlechtweg. Deutsche! Deutsche! Deutsche!

Doch die Fremden, die nicht zu uns gehören, von fernen Städten geschäftiger Lärm. Im Geblätter rauscht es und schimmert. Der Boden, in dem wir liegen, schwankt, ein furchtbarer Schlag durchdröhnt ihn. Wir kommen heraus! Hinter uns andre Wanderer, sie folgen unsrem Andenken. Nicht eine Träne kosten sie uns! Ergeben sich drein, ein Zweites zu sein, und Abgestammtes. Ein Anhang zum Leben sind sie, das von ihnen, oder neben ihnen, aus eignem Triebe sich regte, ein vom Felsen zurücktönender Nachhall einer schon verstummten Stimme, sie sind, als Volk betrachtet, außerhalb des Urvolks, und für dasselbe Fremde, und Ausländer. Sind nicht wie wir, nicht hier zuhaus in unserm Boden und werden vom Gebirge nicht gehalten. Der ernste Wald, er birgt sie nicht. Mit Wolken tränkt das Gewitter dich, du dunkler Boden, Ruhestätte, aber mit Blut der Mensch. So schweigt, so ruht er, der sein gleiches droben und drunten umsonst erfragte. Ruht sich aus. Wo spricht sich aus das Herz, wo ruht es endlich? Bei uns, im Boden sind wir heimisch. Wo wirds wahr, was uns, bei Nacht und Tag, zu lange der glühende Traum verkündet? Hier, wo die Opfer fallen, zu uns herabfallen, hier, ihr Lieben, hier!

Wir sehen uns, in unsern Gräbern, es ist kein Zweifel mehr. Mit einer Silbe ins Unendliche gesprochen, ein Wort sind wir, ein Anfang, ein Gedanke noch, doch schreiten schon zur Tat herauf. Wir! Hinterm Fenster, wo der Sturm die Schwingen uns aufregt, lächelnde Beute. In der Nation, die bis auf diesen Tag sich das Volk schlechtweg oder Deutsche nennt, ist in der neuen Zeit Ursprüngliches, wenigstens Ursprüngliches an den Tag gebrochen, und Schöpferkraft hat sich gezeigt. Neues! Und wer an ein festes beharrliches, und totes Sein glaubt, der glaubt nur darum daran, weil er in sich selbst tot ist und, einmal tot, kann er nicht anders, als dran glauben. Die Tiefe verführt uns, der Boden spricht vom Gestein, in dessen Nischen wir liegen. Wir kennen die Tiefe und was in ihr wächst. Wir sind es. Wir haben diesen Glauben an den Tod, im Gegensatz mit einem ursprünglich lebendigen Volke Ausländerei genannt. Diese Ausländerei wird, wenn sie einmal unter den Deutschen ist, sich auch im wirklichen Leben derselben zeigen, als ruhige Eingebung in die Notwendigkeit des Seins, als Aufgeben aller Verbessrung unsrer selbst oder andrer durch Freiheit. Wir müssen hier bleiben, in der Erde, die Steine fallen herab und töten. Denn nicht ratsam ist es, uns Helden zu trotzen. Schon wogen wir hinab von unsern Hügeln, hinab ins Tal, wo keck herauf die Würger dringen, sicher der Kunst und des Arms, doch sichrer kommt über sie die Seele der Jünglinge, denn wir Gerechten schlagen, wie Zauberer, und unsre Gesänge lähmen die Knie der Ehrlosen. O nehmt uns nehmt uns mit in die Reihen auf! Und laßt uns bei uns bleiben!

Der Deutschen gedenken die Deutschen gewöhnlich zuletzt, entweder aus Bescheidenheit, oder weil man das Beste für das Ende aufspart. Noch sind wir ein Wort, doch reifen schon zur Tat. So scheidet der Boden jene, die fremd, ahnungslos sich ihm nähern, von jenen, die seine Gesetze kennen, den Einheimischen. Nur wir wohnen hier! Tödlich ist unser Boden den Fremden. So wollen wir die Witterung benutzen, sie wolln nach unsern Häuptern greifen, sie wollen es, nun, so greifen wir schnell nach ihren! Wie Fluten am Gestade, wogen höher und höher die Wandelbaren. O ihr Guten, auch wir sind tatenarm und gedankenvoll! Aber kommt, wie der Strahl aus dem Gewölke kommt, aus Gedanken vielleicht, geistig und reif die Tat? Folgt die Frucht, wie des Haines dunklem Blatte, der stillen Schrift? Brüder der Arbeit, die uns, wie Erz, aus dem Boden heben. Aus Nichts, ins Nichts. Und wir Alraunen schrein, wenn man uns ausreißt aus unsrem geweihten Gebirg. Alle sind Brüder, die aus demselben Blute kommen und ein gemeinsames Schicksal haben. Und das schönste ist, daß wir selbst unsre Worte zur Wahrheit machen. Wir Jungen tasten uns voran. Und dann sehen die Ausländer in Deutschland nicht, was unter der Decke liegt. Unter dem Haar des Bodens, drunten, in der Erde. Wir sind es! Und unser Wort ist am Boden festgebunden, in uns. Wir werden geschichtet,

Gerippe der Geschichte, zu Bergen, über die rauschend die Wasser stürzen, wie werden wir, die gewaltigen Massen, emporgeschichtet, wo sammelt der Bergstrom seine Wasserfülle, die aus geheimer Kluft mächtig hervorbricht? Was hält uns zusammen, bevor wir hinausschießen, Wasserfluten, in die Ebene? Nie mehr gebändigt unter Bäumen und Gebüschen im Wald, unter den Felsen und Grotten der Einöde. Man muß uns nur Zeit lassen, wir sind noch nicht fertig. Wir tasten uns voran, bald sind wir zuhaus. Wann erscheinest du ganz, Seele des Vaterlands, daß wir tiefer uns beugen, daß die leiseste Saite selbst uns verstummte vor dir, daß wir beschämt, eine Blume der Nacht, himmlischer Tag, vor dir enden mögen mit Freuden. Wenn sie alle, mit denen wir vormals trauerten, wenn unsre Städte nun hell und offen und wach, reineren Feuers voll und die Berge des deutschen Landes Berge der Musen sind, wie die Herrlichen einst, und rings unter des Vaterlands goldnem Himmel die freie Freude glänzt, dann sind wir zuhaus. Und die Deutschen haben Gemüt, diese Totalität des Geistes in Beziehung auf den Willen, worin der Mensch auf ebenso allgemeine und unbestimmte Weise die Befriedigung in sich hat. Wir sind wir und wohnen gut in uns. Dort leuchten Lichter auf. Die Stadt! Wir liegen ruhig und können nicht herauf. Zerstört muß werden, wenn neu geschaffen werden soll. Wohl ist eng begrenzt unsre Lebenszeit, unserer Jahre Zahl sehen und zählen wir, doch die Jahre der Völker, sah ein sterbliches Auge sie? Wenn die Seele uns aber die eigene Zeit sich, die sehnende, schwingt, trauernd verweilen wir dann am kalten Gestade bei den Unsrigen und kennen sie nie. Und die Künftigen auch, sie, die Verheißenen, wo, wo sehen wir sie, daß wir an Freundeshand uns einmal wieder erwärmen? Denn kalt ist's bei uns. Was suchen wir bei den Toten? Das Leben! Wir warten auf unsre Zeit.

O Vaterland, sie ernten den Gedanken, den Geist von dir. Sie pflücken gern die Traube, doch höhnen sie dich, ungestalte Rebe! Du Land, wo wir zuhaus sind! Unterm Boden gefesselt, wir sind der Sockel, der die Statuen der Sieger trägt. Du

Land der Liebe! Sind wir die Deinen schon, oft zürnen wir weinend, daß du immer blöde die eigene Seele leugnest. Oft standen wir überschauend das holde Grün, den weiten Garten hoch in deinen Lüften auf hellem Gebirg und sahn dich. An deinen Strömen gingen wir und dachten dich und warn zuhaus. Indes die Töne schüchtern die Nachtigall auf schwanker Weide sang. Und wir darunter, unsre Sprache ist tief, und wir sprechen die Sprache der Tiefe. Gehobene Schätze, thronen wir plötzlich auf der Spitze des Berges. Überschaun das Feld, auf das wir, blutiger Same der Geschichte, gestreut sind, um wiedergeboren zu werden.

Der Wille zum Wesen der deutschen Universität ist der Wille zur Wissenschaft als Wille zum geschichtlichen geistigen Auftrag des deutschen Volkes als eines in seinem Staat sich selbst wissenden Volkes. Wissenschaft und deutsches Schicksal müssen zumal im Wesenswillen zur Macht kommen. Und sie werden es dann und nur dann, wenn wir einmal die Wissenschaft ihrer innersten Notwendigkeit aussetzen und wenn wir zum anderen dem deutschen Schicksal in seiner äußersten Not standhalten. Wenn Platons frommer Garten auch schon nicht mehr am alten Strome grünt und der dürft'ge Mann die Heldenasche pflügt, und scheu der Vogel der Nacht auf der Säule trauert. O heil'ger Wald, wir sind bei dir zuhaus. Und wir? Ist denn einer auch von unsren Jünglingen, der nicht ein Ahnen, ein Rätsel der Brust, verschwiege?

Wer will nicht, durch Tun oder Denken, ein Samenkorn streuen zu unendlicher immer fortgehender Vervollkommnung seines Geschlechts, etwas Neues, und vorher nie Dagewesenes hineinwerfen in die Zeit, das in ihr bleibe, und nie versiegende Quelle werde neuer Schöpfungen; seinen Platz auf dieser Erde, und die ihm verliehene kurze Spanne Zeit bezahlen mit einem auch hienieden ewig Dauernden? Volk und Vaterland in dieser Bedeutung, als Träger und Unterpfand der irdischen Ewigkeit, und als dasjenige, was hienieden ewig sein kann, liegt weit hinaus über dem Staat im gewöhnlichen Sinn des Wortes. Nun, sei gegrüßt in deinem Adel, mein Vaterland, mit neuem Namen, reifeste Frucht der Zeit! Mit unserm Blut getränkt, verliert der Boden sein Gedächtnis. Wir sind zu viele. Das Vaterland ist nicht der Boden. Es ist in uns. Das übrige mag in Flammen aufgehn, wir werden uns dran wärmen. Wir sind wir! Wasch die Erde, dein deutsches Land, mit deinem Blute rein! Und wir, die darunterliegen, Zeichen unsrer selbst, wir kommen herauf auf den Hügel und werden zerstreut. Der Wind nimmt uns mit. Wir liegen über dem Land und verhallen in der Tiefe, Geister der Stille. Oder diese unerträglichen Entzückungen, dieser ganze Betrug, in den ein Mensch sich in der bisherigen Gesellschaft flüchten mußte – Himmel, Beichte, Sekte, eben weil er eine Seele hat, im Unterschied zum Affen denkt, und wo er sich genau nur verlieren, sich selbst betrügen, entfremden, zum Schwein, zum Ekel werden konnte. In der Isolation der Folter jetzt ganz nackt: Mensch und Imperialismus, was sich ausschließt. Was rauskommt, ist diese einzige Produktivkraft, auf dies ankommt: revolutionäre Gewalt, die Fähigkeit zur Gegengewalt. Wie wenn die alten Wasser, in andern Zorn, in schrecklichern verwandelt wieder kämen, zu reinigen, da es not war, so gählt' und wuchs und wogte von Jahr zu Jahr rastlos und überschwemmte das bange Land die unerhörte Schlacht, daß weit hüllt Dunkel und Blässe das Haupt des Menschen. Fragst du mich im allgemeinen, wie der Kampf enden wird? Ich antworte: mit dem Sieg. Fragst du mich aber im besonderen, dann antworte ich: mit dem Tod. Und sollen wir die Pflanze, die wir selbst zogen, bloß weil sie sich ein wenig zu rasch und üppig in die Blume warf, mißgünstig in den Staub darniedertreten? Zuhaus sind wir, daheim. Festgestampft der Boden über uns, geschlossen das Tal, jetzt aber tagt's.

Wir stehen auf. Jetzt kommt vom Walde der Hirsch, aus Wolken das Tagslicht, hoch in heiterer Luft siehet der Falke sich um. Aber unten im Tal streckt das Dörfchen bequem über der Wiese sich aus, darunter wir liegen. Still ist's hier, wir sind zuhaus. Aus unsren Knochen steckt ein Teppich im Boden, und Wasser sickert hinein. Und kein Kämpfer hört auf. Und auch, wenn du die Knarre nicht mehr halten kannst, entläßt dich dieser Kampf um revolutionäre Politik nie. Schon und das ist das wenigste: weil der Kampf gegen dich nur aufhört, wenn du uns verrätst, bestimmt hier, wo du 24 Stunden am Tag um dein Bewußtsein kämpfen mußt. Sind wir zuhaus? Nimmst du freundlich, wie einst, Himmel der Heimat, uns auf? Und der pflückenden Hand reichen die Zweige sich selbst. So bindet und scheidet manches die Zeit. Und so sind wir allein in der Erde. Es kehrt das Verhältnis von Leben am Licht und unterirdischem Tod sich um. Unsere Leichname rücken an die Oberfläche und erinnern an die Verwesung einstiger Herrlichkeit. Und viele Junge müssen dafür in die Tiefe, zu uns, die Geschichte stieß ihre Knochen von sich, jetzt liegen sie still, noch vor ihrer Zeit. Und sie werden mehr. Wir sind ein haufenweises Volk. Sobald einer wie ein Hund liquidiert werden kann, bleibt ihm nur noch übrig, mit allen Mitteln sein Gewicht als Mensch wieder herzustellen. Komm, ins Offne, Freund, komm in die Erde! Sei bei uns! Laß dich festschnallen und Nahrung durch den Schlauch fließen! Nur herunter zu uns, und eng schließet der Himmel uns ein. Trüb ist es heut, es schlummern die Gäng und die Gassen, und fast will mir es scheinen, es sei, als in der bleiernen Zeit.

Die drei Bindungen – durch das Volk an das Geschick des Staates im geistigen Auftrag – sind dem deutschen Wesen gleich ursprünglich. Die drei von da entspringenden Dienste – Arbeitsdienst, Wehrdienst und Wissensdienst – sind gleich notwendig und gleichen Ranges. Denn nicht Mächtiges ist's, zum Leben aber gehört es, was wir wollen, und scheint schicklich und freudig zugleich. Aber kommen doch auch die segenbringenden Schwalben immer einige noch, ehe der Sommer, ins Land. Nur wir liegen still, zuhaus. Die du liebend erzogst, sieh, sie grünen dir, deine Bäume, breiten ums Haus den Arm. Gezogen aus dem Boden, in dem wir sind und bleiben. Heimisch und Fremde zugleich. Sichrer stehen die

Stämme schon. Wir sind daheim, und allmächtig empor ziehet ein ahnendes Volk, bis die Jünglinge sich der Väter droben erinnern und aus der Erde kommen wollen, aber zu spät. Und dieses vernichtende Schweigen – der Körper schreit natürlich, der Schlauch wird ihm in den Rachen gestoßen – dieses Schweigen, das den Folterer vernichtet! Wir treffen hier, sage ich, auf das sehr alte Gesetz, das es irgendeinem Teil der Existenz verbietet, unberührt zu bleiben, wenn der Mensch seine unbegrenzte Menschlichkeit gleichzeitig fordert und behauptet. Seid jetzt zuhaus wie wir! Irrstern des Tages, erscheinest du, du auch, o Erde, in der wir liegen, friedliche Wieg bist du uns, und du, Haus unsrer Väter, nun wieder atmet ihr recht! Nun trinkt, ihr meiner Bäche Weiden! Ein Augenblick, und rechte Stapfen gehn, und als ein Herrscher, mit Sporen, und bei dir selber örtlich. Irrstern des Tages, erscheinest du. Sei zuhaus, geh in den Wolken des Wilds!

Wir sind zuhaus, wir, die Zungen des Volks, gebunden im Boden. Sind gern bei den Lebenden, wo sich vieles gesellt. Und manchen möchten wir zu uns laden, doch wir bleiben allein. Unser Vater, der die Entschlafenden, aufgerichtet an goldenen Gängelbanden, wie Kinder hält. Und tunkt ihr Haupt ins heilignüchterne Wasser. Laßt uns schlafen! Wir leben vorzugsweise in der Innerlichkeit des Gemüts und des Denkens. In dieser einsiedlerischen Einsamkeit des Geistes beschäftigen wir uns damit, bevor wir handeln, erst die Grundsätze, nach denen wir zu handeln gedenken, sorgfältigst zu bestimmen. Daher kommt es, daß wir etwas langsam zur Tat schreiten von den Heiligtümern, den Waffen des Worts, die scheidend ihr uns, den Ungeschickteren, zurückgelassen. Wohin wolln wir die Verwundeten retten? Auf die Intensivstationen – also in diesen dreckigen Kreislauf, in dem die Phasen sicher immer kürzer werden, von Infusionen, Maschinerie. Dann wieder durch den Schlauch den Schlauch den Schlauch in die jahrelange Isolation, in den Verrat? Den Verrat? Sieg oder Tod war der eine Satz. Der andre Sieg und Tod – was einfach nur heißt: Gefangene, äußerste Defensive, totale Einkreisung. Der Inhalt ist Kampf ist Kampf. Die Blindesten aber sind Göttersöhne. Denn es kennt der Mensch sein Haus und dem Tier ward, wo es bauen solle, doch jenen ist der Fehl, daß sie nicht wissen wohin, in die unerfahrne Seele gegeben. Denn wie wir anfingen, werden wir bleiben. Zuhaus bei uns. Bis in den Tod kann aber ein Mensch auch im Gedächtnis das Beste behalten, und dann erlebt er das Höchste. Nur hat ein jeder sein Maß. Denn schwer ist zu tragen das Unglück, aber schwerer das Glück. In unserm Haus sind aber auch diese nicht Fremde. Sie leben dreifach, eben wie auch die ersten Söhne des Himmels. Hier schnallen sie uns jetzt fest. So ists einfach eine Anweisung geworden, keinen mehr sterben zu lassen, ohne mit allen Mitteln so eine Entwicklung durch Gegenpropaganda neutralisieren zu können. Und das, natürlich, ist die Funktion der Intensivstationen im Haus. Worin auch die Vorstellung steckt, in der Agonie, den letzten Stunden, bräche vielleicht unser Wille und damit der Streik. Ein Gefangener, der in einer Klinik stirbt, ist als Kranker gestorben, ärztlich bis zum letzten Helfen – nicht im Kampf.

Alt sind sie geworden indes, sie bleichte der Eispol, und im Feuer des Süds fielen die Locken ihnen aus. Wir waren zuhaus. Von fernher kommen sie und müd bis in die Seele, um wiederzusehen dies Land. Noch einmal müßte die Wang ihnen glühn, und erloschen fast glänzt ihr Auge noch auf. Sind sie zuhaus bei uns. Wenn aber, ihr heimatlichen Wasser, jetzt mit euch des Herzens Liebe klagt, was will es anders. Denn voll Erwartung liegt das Land umschattet heut, ihr Sehnenden! Seid hier bei uns und wohnt gut unter uns und neigt das Haupt. Vergangne, die zu lieb uns sind! Kommt her! Denn euer schönes Angesicht zu sehn, als wär's, wie sonst, ich fürcht es, tödlich ist's, und kaum erlaubt, Gestorbene zu wecken. Nehmt Platz! Es setzt sich eure blaue Schar nicht mehr im blauen Himmel. Seid hier bei uns, im Vorspiel rauherer Zeit für uns erzogen. Wir können nicht verhindern, daß sie einige von euch töten. Wir können verhindern, daß sie alle töten. Wenn noch ein Gefangener stirbt, weil die Entwicklung immer noch nicht begriffen ist, wird keine Verhandlung möglich sein. Hier sind wir jetzt. Muß zwischen Tag und Nacht ein Wahres erscheinen. Und furchtlos gehn die Söhne der Alpen über den Abgrund weg auf leichtgebaueten Brükken. Drum, da gehäuft sind rings, um Klarheit, die Gipfel der Zeit, und die Liebsten nah wohnen, ermattend auf getrenntesten Bergen, so gib unschuldig Wasser, o Fittiche gib uns, treuesten Sinns hinüberzugehen und wiederzukehren.

Wissenschaft als Wille zum geschichtlichen Auftrag des deutschen Volkes als eines in seinem Staat sich selbst wissenden Volkes, Wissenschaft und deutsches Schicksal müssen zumal im Wesenswillen zur Macht kommen. Und sie werden es dann und nur dann, wenn wir wenn wir wenn wir dem deutschen Schicksal in seiner äußersten Not standhalten. Von selbst und eilend gehen wir zu Ende. Zuhaus sind wir, in den Staub unsres Gesangs geworfen. Die Toten wecken wir auf, die noch gefangen vom Rohen sind. Es warten aber der scheuen Augen viele, zu schaun unser Licht. Hier sind wir! Wir haben gedienet der Mutter Erd und haben dem Sonnenlicht gedient, aber wir blieben bei uns, innerlich im Frieden. Nehmt Platz! Für diesen Zweck muß freilich die natürliche Freiheit des einzelnen auf mancherlei Weise beschränkt beschränkt beschränkt werden, und wenn man gar keine andre Rücksicht und Absicht mit ihnen hätte, denn diese, so würde man wohltun, dieselbe so eng als immer möglich zu beschränken, alle ihre Regungen unter eine einförmige Regel zu bringen und sie unter immerwährender Aufsicht zu erhalten. Und worauf stützt sich unsre Sicherheit? Wir sind zuhaus zuhaus, und süße Linden duften neben den Buchen, des Mittags, wenn im Kornfeld das Wachstum rauscht, an geradem Halm, dann sind wir da!

Der Wille ist eben kein Besitz, er ist der Motor. Er wird stark, was er werden muß, dadurch daß man kämpft. Du mußt es jeden Tag der Maschine abringen. Es ist unerträglich und es ist schwieriger, wenigstens die ersten Tage auszuhalten als

wirklich jede vorstellbare Aktion – weil sie eben alles haben und du nichts. Und es gehet an die Scheitel dem Vater. Wir! Es werden die Himmlischen schwach, damit das Reine sich kenne. Wir sind bei uns. Wir! Das letzte aber ist, auf düsterem Rasen, daß aus guter Brust das Labsal der Schlacht, die Stimme quillt uns aus dem Mund. Vom Höchsten wolln wir nicht schweigen, wir sind daheim und sprechen, was wir fassen können. Soviel tragen wir nachhaus. Wind komm herzu aus den vier Winden, und blase an diese Getöteten, daß sie wieder lebendig werden! Zu uns kommen aus der Erde! Zu uns, sie gehören zu uns! So wird der Wind, so werden Stürme und Regengüsse und sengender Sonnenschein die Totengebeine gebleicht haben, der belebende Atem der Geister hat noch nicht aufgehört zu wehen. Zu uns! Er wird auch unseres Nationalkörpers erstorbene Gebeine ergreifen und sie aneinanderfügen, daß sie herrlich erstehen in neuem verklärtem Leben. Und wir mittendrin! Und wir! Wir öffnen die eigene Brust uns und spritzen uns tropfenweise in den Staub. Da sind wir, und da bringen wir sie hin, unsre Opfer, die Toten. Es brauchet Furchen die Erde und Stiche der Fels. Unwirtbar wären wir sonst. Gestorben auf hoher Straß. Wandersmänner, gingen wir zornig mit. Zu uns, wo wir wohnen. Nachhaus. Nachhaus.
Nachhaus.

Die alte und durch und durch bewahrte Innigkeit des deutschen Volkes hat aus dem einfachen, schlichten Herzen den Umsturz vollbracht. Was ist es, das an die alten seligen Küsten uns fesselt? Daß wir bei uns bleiben. Uns dämmern die Augen. In der Scholle des Vaterlands wollen wir uns verwurzeln und sind doch schon da! Es ist die Mutter unsrer Gedanken und Sehnsüchte. In Deutschlands hohen Schulen wird viel gearbeitet, aber wenig für die Zukunft getan. Das sind alles nur Handlangerdienste. Doch wir reifen zur Tat. Niemals kann uns Kathederweisheit erlösen. Dies Volk wirkt an seinem Schicksal, indem es seine Geschichte indem es sich seine geistige Welt immer neu erkämpft. Gern wollen wir zur

Erinnerung den andern werden, aber wir bleiben wir. Zuhaus. Doch in der Mitte der Zeit leben ruhig wir und gern, zur Erinnerung den Unbedürftigen. Von Geburt an von unsren Aufenthalten gezeichnet, wo der Strahl nicht brennt im Schatten des Waldes. Wir meinen, es wäre sonst nirgend besser zu wohnen. Drum, ihr Gütigen, umgebet uns leicht! Mit uns! Damit kein Fremdes uns stört. Laßt uns unter uns! Das Entscheidende im Führen ist nicht das bloße Vorangehen, sondern die Kraft zum Alleingehenkönnen. Nicht aus Eigensinn und Herrschergelüste, sondern kraft einer tiefsten Bestimmung und weitesten Verpflichtung. Solche Kraft bindet an das Wesentliche, schafft die Auslese der Besten und weckt die echte Gefolgschaft derer, die neuen Mutes sind. Zu uns zu kommen. Und der Boden steht mit uns und unter uns auf. Noch schlafen wir in ihm, doch bald stehen wir auf. Licht der Liebe! Scheinest du denn auch uns Toten, du goldnes! Nichtig und leer, wie Gefängniswände, der Himmel. Eine beugende Last über den Häuptern uns hängt. Jetzt stehn wir auf. Wie jammervoll ist doch diese Zeit. Wir kauern uns zusammen, friedlich zu werden und froh unter den Blumen zu ruhn, zuhaus. Wo stille Wolken uns umschweben, da staunen wir und wissens nicht zu deuten. Am Sommertage, da wir Schatten suchten. Zuhaus. Bei uns. Wollen neue Titanen abermals den Himmel erstürmen? Bleibt doch bei uns! Er wird für euch nicht Himmel sein, denn ihr seid Erdgeborene. Bleibt hier bei uns! Es wird euch bloß der Anblick und die Einwirkung des Himmels entrückt werden, und nur eure Erde als eine kalte finstere unfruchtbare Behausung euch zurückbleiben. Denn sie gehört uns. Hier sitzen wir und rücken nicht. Wir machen uns breit und dürfen es. Wie die Lämmer im Feld, auf grünem Teppiche, den zur Lust uns unsre Mutter gegönnt hat. Es gehört uns. Wohl gehn wir täglich, doch wir bleiben hier.

So mit den Himmlischen allein zu sein, bei uns zuhaus, und geht vorüber das Licht und Strom und Wind, und Zeit eilt hin zum Ort, wo wir den Nachbarn aufs Haupt treten und um

Herrschaft zanken. Und unstet wehn und irren, dem Chaos gleich, uns gärendem Geschlecht die Wünsche noch umher. Wohl aufgehoben aber, und zuhaus, gehen wir sicher die ruhige Bahn mit den Füßen. Über uns die stäubenden Wolken. Und es bleibt daheim gern, wer in treuem Busen Göttliches hält, und frei wollen wir, so lang wir dürfen, euch all, ihr Sprachen des Himmels, deuten und singen. Da, wo ein sicheres Licht erscheint. Die Schmerzen, weiß nicht so genau, bei Widerstand kommen sie dann. Und läßt dich und die Prozedur begutachten, was wollt ihr schon wieder beweisen? Den dünnen Schlauch wegen den hohen Tieren, die da waren, durchgesetzt, das werden die sein, die den Wasserentzug anordnen. Das tut weh! Es tut weh! Uns wollen sie nicht! Die Bäume verlassen ihre Plätze. Doch wir bleiben hier, wir gehören hierher. Des Kindes Ruh ist hin, und hin ist Jugend und Lieb und Lust. Doch du, mein Vaterland! Bist heilig Duldendes, siehe, du bist geblieben. Still sind wir vor dem Schicksal. Und bleiben. Zu lieben gemacht, zu leiden. Hier! Schicksallos, wie der schlafende Säugling, atmen die Himmlischen. Und die seligen Augen blicken in stiller ewiger Klarheit. Doch uns ist gegeben, auf keiner Stätte zu ruhn, oder ruhn wir schon längst, im Boden, der uns nicht hergibt? Oder warn wir nie draußen? Ist unsre Ordnung nur auf Gedächtnis gegründet und warn wir nie hier? Reißt man uns aus? Woher kommen wir? Aber wir bleiben hier, hier sind wir zuhaus. Hätten doch dann die übrigen Europäer sich morden mögen in allen Meeren und auf allen Inseln und Küsten: in der Mitte von Europa hätte der feste Wall der Deutschen sie verhindert aneinanderzukommen, hier wäre Friede geblieben, und die Deutschen hätten sich, und mit sich zugleich einen Teil der übrigen europäischen Völker in Ruhe und Wohlstand erhalten. Hier sind wir zuhaus. Das war dem nur den nächsten Augenblick berechnenden Eigennutz des Auslands nicht gemäß, daß es so bliebe. Sie fanden die deutsche Tapferkeit brauchbar, um durch sie ihre Kriege zu führen, und die Hände derselben, um mit ihnen ihren Nebenbuhlern die Beute zu entreißen. Und heimzutragen.

Darum treibt ihn, Erde! Vom Herzen dir sein Übermut, und deine Geschenke sind umsonst und deine zarten Bande, sucht er ein Besseres doch, der Wilde! Der Fremde, tödlich ist ihm unser Boden. Aus Nichts ins Nichts, hart zwischen Nichts und Nichts. Wir sind zuhaus, wer mag uns danken? Wohl tut die Erde zu kühlen. Ein freundliches Licht kommt, und unser warmer Herd entzündet die Luft mit seiner unschädlichen Glut. Und bei des Fremdlings besonderer Stimme stehen die Herden auf. Wir sehen ihn nicht, und gesellte er sich auch zu uns, im Winde klirrten die Fahnen. Bis heute wäre er namlos, ewig hinab in die Nacht verwiesen. Verstummt unter uns Lebenden. Wir aber. Wir aber. Wir schauen mit offenen Augen und suchen immer nur uns. Wachsen und werden zum Wald.

Die verwendeten Texte sind unter anderem von: Hölderlin, Hegel, Heidegger, Fichte, Kleist und aus den Briefen der RAF von 1973–1977.

Liste der Uraufführungen

Wolken.Heim.: Schauspiel Bonn, 21. September 1988, Regie Hans Hoffer

Raststätte oder Sie machens alle: Burgtheater Wien, 5. November 1994, Regie Claus Peymann. Deutsche Erstaufführung: Deutsches Schauspielhaus in Hamburg, 26. Januar 1995, Regie Frank Castorf

Stecken, Stab und Stangl: Deutsches Schauspielhaus in Hamburg, April 1996, Regie Thirza Bruncken

Nachweis der Erstveröffentlichungen

Wolken.Heim. Göttingen, Steidl 1990 (= Ränder, Band 1)

Raststätte oder Sie machens alle, in: Theater heute, 12/94 (Dezember 1994)

Stecken, Stab und Stangl in einer 1. Fassung in «manuskripte», 35. Jg., H. 129 (September 1995), S. 6–26; in der endgültigen Fassung in: Spectaculum 63, Frankfurt 1997, S. 51–94

«Sinn egal. Körper zwecklos.» in: «Theaterschrift», Nr. 11 (Februar 1997), S. 22–33

Foto: The Image Bank / Richard Ross

Deutschsprachige Literatur bei rororo

Ecstasy, die Nibelungen und die große weite Welt

Alexa Hennig von Lange
Relax
Roman. 3-499-22494-1
«Relax» ist ein Drogenroman, ein Flug durch ein Wochenende. Und es ist eine Liebesgeschichte: cool und komplett unmoralisch, schreiend komisch und doch wunderbar anrührend. «Alexa Hennig von Lange – die Antwort der Literatur auf die Spice Girls.» (Die Zeit)

Andreas Altmann
Einmal rundherum
Geschichten einer Weltreise
3-499-22931-5

Thommie Bayer
Das Herz ist eine miese Gegend
Roman. 3-499-12766-0

Thor Kunkel
Das Schwarzlicht-Terrarium
3-499-23151-4

Moritz Rinke
Die Trilogie der Verlorenen
Stücke. 3-499-22777-0

Die Nibelungen
Nachwort von Peter von Becker
Rinke ist in seiner Neubearbeitung den Fallstricken der Deutschtümelei mit feiner Ironie entgangen. Seine Fassung vermeidet brachiale Neuinterpretationen, sie besinnt sich vielmehr auf die ursprünglichen Erzählstränge.

3-499-23202-2